文春文庫

絶望スクール

池袋ウエストゲートパークXV

石田衣良

文藝春秋

—目次—

絶望スクール

池袋ウエストゲートパークXV

イラストレーション　北村治

目白キャットキラー

おれたちと動物をめぐる関係って、ずいぶん変わっちまったよな。

いつのまにか人は他のすべての動物のうえに立ち、生殺与奪の権力をふるっている。肉や皮どころか、骨まで利用し（あんたが毎日口にしてる白砂糖の精製には牛の骨からつくられた灰が欠かせない）、経済動物なんて名のもとに金儲けの手段にしているのだ。あんただって焼き肉や立ちぐいステーキはたべるし、ウールやカシミアのセーターを着て、バーゲンで奮発したレザージャケットなんかを着てるよな。まあ夏のセールで六十パーセントオフになったレザーを買っておくのは、つぎの冬のための賢いショッピングだとおれも思うよ。だが、カロリーもファッションも多くが動物由来のものでできているのは確かなことだ。

相手がペットとなると、今度は売りものが変わってくる。幼い命だったり、愛くるしい表情だったり、排泄のしつけもすんでいない未熟さだったり、子ネコや子イヌが人の心に呼び覚ますエモーションが、一番高価な値札に変わるのだ。愛は金になる。

おれたちは動物のもっているものすべてを利用したうえに、勝手にかわいいとかかわいくないとか品定めして何百世代も交配を重ね、好きなように遺伝子の発現型を操作している。今じゃティーカップからポニー大まで、イヌのおおきさは選び放題だ。

もちろん、こんなネタを考えること自体が勘違いなのかもしれない。人間だってただの動物に変わりはない。動物の種のひとつが、他のすべての動物を支配するなんて構造自体が間違ってる。そういうあんたはただしいが、社会の在りかたは変わらない。あいも変わらず世は人間中心主義。おれたちは毎日スーパーにいき、パック詰めの肉を買う。一円でも安く、より肉質のいいものを選んでな。

さて、今回のおれの話は、動物をめぐるあきれたストリートのネタ。ペットを愛する者がいれば、同じように理由もなく憎む者もいる。アイドルやイケメン俳優なんかと同じだ。ある者は愛玩し、ある者は憎悪する。この夏、池袋のとなり駅で多発したネコの虐待事件を、おれはあるとても動物に「倫理的な」高校生と追うことになった。

なぜ、やつが十代の若さで頑固なヴェジタリアンになり、目白のキャットキラーを憎むようになったのか、その話はおいおいでてくると思う。

まあ、おれは肉をたべるのは、いまだに悪いことじゃないと思ってはいる。やつのまえでは、あまりたべたくはないけどな。それに最近のヴェジタリアンメニューは、思いのほかうまいのだ。興味があるやつは、目白にいってみてくれ。

おかしな梅雨のあとには、おかしな夏がやってきた。

六月に東京の梅雨が明けちまうなんて、おれは想像もしていなかった。だが、からりと乾いた夏空の代わりに、その後も天候は不順なまま。一日で十度も気温は上下し、西日本では記録的な集中豪雨が何日も続く。やはり地球の温暖化は進行中なのだろう。トランプが認めない命題はつねに真実である。Q.E.D.ってわけ。

おれはまたもうちの果物屋の店先で、退屈で干あがっていた。日常とは退屈の別称である。こう毎日ヒマだと、おれの名言が増えていく。

「……あの、真島誠(まじままこと)さんですか」

消えいるように細い声。すこし高くて、中性的な感じだ。おれは手にしていたパイナップルから目をあげた。尻が茶色に変色した傷みかけのやつな。そこだけ切り落としてくえば、最高にうまいんだが売りものにはならない。とんでもなくアホなイケメンに群がる女たちといっしょだ。商品は見てくれが九十パーセント。

「ああ、そうだけど」

高校生くらいか。まだ若いが、今どきめずらしい長髪。天パなのかな。波打つように肩まで流れている。Ｔシャツは今年のモードで、生地がしっかりしてビッグなシルエット。デニム素材のワイドパンツに、純白がまぶしいテニスシューズをはいている。かけてもいいが、まだ買って一週間もたっていないだろう。

そのガキは深呼吸をしていった。

「……あの、話があるんですが」

池袋西一番街がヒマラヤのてっぺんみたい。ここはそんなに酸素は薄くないのだが。おれはよく研（と）いだ包丁で、すぱりとパイナップルの尻を切り落とした。

「おれ、学生のトラブルは担当外なんだよね」

つい最近も頭のいかれた女子高生がやってきて、彼氏（十六歳！）の浮気調査を依頼してきた。もちろん速攻で断ったけどね。パイナップルを四分の一に割り、硬い芯（しん）を落としていく。こいつをさらに三等分して皮をむけば、廃棄処分品が一本百円のパイナップル串になるってわけ。ガキは自分の真っ白な靴を見つめていった。

「……あの、目白のキャットキラーなんですけど」

おれは手元からあわてて目をあげた。あやうく指を切りそうになる。そいつはこのひと月ほど池袋の街とネットで話題のネタだった。誰かがなんとかしなくちゃいけない。

そう考えていた矢先の依頼だ。

「ちょっと待っててくれ、手を洗ってくる」

おれは店の奥にある手洗い場でじゃぶじゃぶと手を洗った。パイナップルをいじったあとは妙に手の皮が薄くなった感じがするよな。消化酵素ですこし溶けてるのかもしれない。指紋がなくなったら、すこしわるいことができそうだ。レジわきの液晶テレビで、午後のワイドショーを見ていたおふくろに声をかけた。

「ちょっとでてくる」

おふくろは西日本豪雨の映像から目をあげずにいった。

「なにいってんだい。遊んでないで、ちゃんと仕事しな。パインのあとはアンデスメロンだろ」

こちらも半分傷みかけのやつ。おれはエプロンをはずして丸めこんだ。レジのしたに放りこむ。

「仕事の依頼だ。目白のキャットキラーだよ」

おふくろの顔色が変わった。口がとんがる。

「あのネコを虐待する変態かい。いってきな。あんなやつ、つるしちまってもいいよ」

子ネコの死体を小学校のフェンスにぶらさげた写真は、ネットで大拡散していた。緑色のフェンスと抜けるような青空、校庭には白線がまぶしい。その中央には針金で首をくくられたミケの子ネコが濡れたレインコートのようにだらりとさがっている。

「わかってる。いってくるよ」

おふくろがめずらしく、おれに念を押した。

「あたしは本気だからね。あんなやつ、つるしておいで」

オウム事件で七件の死刑執行があったばかりなのに、あぶない話だ。

昼さがりの池袋西口は中国人の観光客がうろつくくらいで閑散としている。どの店も夕方から始まる本番のため準備中だ。近所のカフェチェーンにつくまでのあいだに、おれのTシャツは汗でびっしょり。対してガキのほうはなぜか三十三℃の気温もどこ吹く風だった。体温調節の機能が壊れているのだろうか。冷房のきいた店内で丸テーブルに座ったが、やつは大人みたいにホットのコーヒーを砂糖もミルクもつかわずにのんだ。
「で、名前は？」
おれはひと息で、アイスコーヒーを半分のんでいった。もちろんガムシロップとミルクいりな。
「……あの、竹本泰斗（たけもとたいと）です。こんなふうで、すみません」

すべての言葉の最初に沈黙と「あの」をつけるやつ。タイトは視線があわないように、おれのとなりに座っている。店外は南国の日ざしで、影がやけに濃かった。ミニスカートの女がひとりとおった。太ももは太陽の光があたると輝くものだ。

「すまなくはないけど、タイトはすこし変わってるな」

おれはなぜか変わり者ばかりと出会う運命のようだ。そういえば、サルもキング・タカシもずいぶんな変わり者である。あと、うちのおふくろもね。おれはごく普通の常識人なんだけど。

「……あの、ほんとうは人と会って、話をするのがすごく苦手で、今日もマコトさんのお店にいくかどうか、すごく迷いました。いつもなら全部ネットですませるんで……ほんとなら今も口で話すんじゃなくて、メールでやりとりしたいくらいで」

なにもいうことはなかった。おれの同世代にも、そういうやつはたくさんいる。ネット弁慶の対人恐怖症か嫌悪症。

「ふーん。おれは別にかまわないけど、時間がかかるから、今は話をしてくれよ。なんで、キャットキラーを追ってるんだ」

やつはおれのとなりの席で気配を消した。声もかすれて低くなる。

「……あの、ぼくは動物愛護の活動をしていて……」

語尾は池袋の夏の空に消えていった。おかしなガキ。テーブルにおいてあるミルクのちいさなガラス容器と砂糖つぼを横目で見て、今度は「あの」をつけずにやけにきっぱりといった。

「動物由来のものはできるだけ口にしないようにしているんです」

「生のミルクはわかるけど、砂糖もか」

「砂糖を精製して白くする過程で、牛の骨がつかわれています。正確には牛骨を焼いた灰ですけど」

へえ、また新たなトリビアがひとつ。雑学って、おもしろいよな。

「じゃあ、白砂糖も肉もくわないのか」

「ええ、卵やチーズやバターなんかは、あまり深く考えないようにしているんですけど、日本ではほんとうのヴィーガンはまだむずかしいので」

その単語はちょっとだけ耳にしたことがあった。ヴェジタリアンの一派だ。まあ、おれたちが普通に考える菜食主義者よりは、すこし過激だけれど。

「で、動物を守りたいので、キャットキラーをなんとかしてくれって話か」

目を伏せたままタイトはうなずいた。おれは思うのだけど、最近のガキって正面からは反対できないような正論を、はずかしげもなく口にするよな。ボランティアをするやつなんかに多いけど。おれみたいな都会育ちで、含羞（がんしゅう）のある人間にはとてもいえないような正論だ。やつは黙りこんで、熱いブラックコーヒーをすすっている。しかたなく、おれはいった。

「まあ、いいや。うちのおふくろもお墨つきをくれたしな。いっしょにキャットキラーを追ってみるさ」

色よい返事をしても、タイトはさしてうれしそうでもなかった。

「……あの、ありがとうございます」

なんというか調子が狂うガキ。

「で、タイトなりに調べたこともあるんだろ。おれに全部教えてくれ」

やつは椅子の背にかけた黒いリュックから、タブレットをとりだした。何度かフリックしてカフェのテーブルにおいた。男ふたりでタブレットをのぞきこむのって、実に微妙な感じだよな。
「有名になったのは、このひと月くらいですけど、あいつはもう三カ月もまえから、ネコの虐待映像を裏サイトやあちこちのSNSに投稿しています。最初はこれです」
投稿映像の日づけは五月の連休中だった。一枚目の写真は、身体中に爆竹を縛りつけられたサバトラだ。おれは背中に嫌な汗をかいた。つぎの写真は見たくない。

「つぎの一枚がこれです」

タイトはさっさと画面をスクロールさせる。身体中の毛を焼きこがしたサバトラの目は片方がふさがっている。ごていねいに二枚の写真の間のプロセスが観たい変態むけに、動画のアドレスが貼ってあった。ふざけたやつ。タイトは頭がいいのだろう。てきぱきと説明してくれる。

「この調子で、続く二カ月で四件のネコの虐待動画が投稿されています。場所は池袋周辺で、雑司が谷、西池袋、目白、要町。背景の映像から、場所はぼくが特定しましたけど、やつは意識してメッセージを送っているのかもしれません」

確かに爆竹を巻かれたネコの背景には、シルエットでイスラム風の墓碑が映りこんでいた。あれは雑司ヶ谷霊園に間違いない。あそこは宗派を問わないのだ。タイトはさくさくとネコの虐待映像をスクロールしていく。おれは切断されたまえ足の片方を見て、吐きそうになった。

「目白のキャットキラーが一躍名をあげたのは、やはり先月なかばのこの回からです」

抜けるような梅雨の晴れ間の青空。菱形に編まれた小学校のフェンス。そこからぶらさがるミケの子ネコの死体。ネットでこの映像を見つけた目白西小学校の保護者が騒ぎだし、学校側も子どもたちへの危害を恐れて警察に通報した。東京ではローカルニュースでテレビでも流れたから、目白のキャットキラーは悪名をはせたというわけだ。

タイトは怒りというよりも、静かな悲しみを感じさせる顔をしていた。高校二年生のくせに妙に落ち着いている。

「まったくこの手の変態には困ったもんだな。夏になると、ぼうふらみたいに湧いてくる」

おれもネットの闇のなかにいる動物虐待マニアをたくさんしっていた。ネコやイヌだけではない。あらゆる動物を虐めて、殺す映像がネットには無数にあふれているのだ。なかには延々と自分のペットを虐める映像を垂れ流す変態もいる。洗濯機で洗ったり、睡眠導入剤を混ぜたエサをくわせたり、電動のガスガンで撃ちまくったり。たのしげな実況つきの動画は闇サイトにいくらでもある。目白のキャットキラーはそのなかでも、とくに悪質で有名だというだけの話だ。

タイトはおれのとなりで静かにいった。

「目白西小の投稿から、キャットキラーは味をしめたみたいです。それまでは月に二回くらいだったのに、毎週虐待映像をあげるようになりました。それからの四回は目白が二回、あとは下落合と南池袋だと思われます」

おれは頭のなかで豊島区の地図を広げた。その住所なら目白駅を中心にした半径一キロの円のなかにはいりそうだ。

「なるほどな。あとでその情報を全部おれのパソコンに送っておいてくれ」

うちのハードディスクにネコの死体の映像が記録されるのは気がすすまないが、しかたなかった。事件が片づいたら、すべて即座に削除しよう。おれはのみかけのアイスコーヒーを片づけ、腕を組んだ。

「さて、キャットキラーの変態をどうするかな」

ネットの痕跡から跡をたどる方法は警察がおこなっているはずだった。だが、このひと月逮捕の報道も、犯人の特定もすすんでいなかった。オニオンルーターではないが、ネット情報の匿名化は年々進化している。うえに対策があれば、したにも新たな対策があるのだ。なんだか中国の地方政治みたい。

そこで、タイトは驚くべきことをさらりと口にした。

おれは油断して、タブレットを眺めていた。白いガードレールの支柱のうえに、シロネコの首だけがおいてある救いようのないブラックジョークみたいな映像だ。

「ぼくがキャットキラーを誘いだしてみます」

沈黙も「あの」もなく、タイトがそういった。おれはあきれて口を開いた。

「おまえがキャットキラーを？　しりあいなのか」

力なく首を横に振る。

「……あの、いいえ」

おれに依頼をするガキのほとんどは、途方に暮れてやってくる。なんとかトラブルを解決してください。だが、タイトは違った。きちんと自分の解決策をもっているようだ。なんというか意外性にあふれた依頼人だ。やつは腕利きの捜査官から、また内気な対人恐怖症のヴェジタリアンにもどっている。夏の夕方の空みたいなガキ。こいつからゲリラ豪雨がふるってことはないよな。突然、胃を押さえていった。

「……あの、なにかたべてもいいですか。朝からなにもいれてなくて」

顔がコピー用紙のように青白かった。わけがわからないが、おれはいった。

「……いいけど、タイトはなにくうんだよ」

池袋のロマンス通りから、タクシーにのりこんだ。行先は目白通り沿いで、JRの駅

をとおりすぎて百メートルほどだった。

「ここでいいです」

おれはあわてていった。

「おいおい、おれ金ないぞ」

「マコトさんはだいじょうぶ」

あたりまえの顔で、ふたつ折りのグッチの財布からブラックカードをとりだした。きっと家族カードなのだろう。こいつの家は金もちだ。家族カードの発行にも黒なら年に数万の金がかかる。

タイトは汗もかかずに目白通りを折れて、住宅街のほうにはいっていく。教会と外国人の多い街で、池袋のようにエスニック感はなかった。欧米系の白人ばかり。おれは積極的に池袋の北口や西口のほうが好きだ。なああんただって、南フランスより南インド料理のほうが舌に慣れてるだろ。

静かな住宅街のなかに緑の芝とウッドデッキが浮かんでいた。白いテーブルとイスは目白というより軽井沢みたい。客の半分は外国人で、残り半分はこのあたりに住むマダムたちである。タイトは慣れた様子で、店内にいるウエイターに手を振った。席に座るという。

「ここはヴェジタリアンのレストランなんです。肉や魚はつかってないけど、すごくおいしいですよ。マコトさんも試しにたべてみませんか」

おれが迷っていると、やつはいった。

「ぼくの、というよりうちの父親のおごりです。キャットキラーを見つけてもらうんだから、それくらい当然ですよ」

なんだか嫌になるよな。この年になって、高校生におごられるなんて。たいして腹は空いていないが、おれはメニューからヴェジタリアンハンバーガーと豆乳のアイスチャイを選んだ。ウエイターがいってしまうと、タイトにきいてみる。

「ここの店はよくくるのか」

パラソルの日陰のなかで、肩になびく長髪の男子高校生がはずかしそうに笑った。

「……あの、いつもきてます。家族以外では、誰かとくるのは初めてですけど」

「おまえ、友達いないのか」

おれは下品な街に生まれ育っているので、質問はだいたい直球だ。まあ、この問いを遠まわしにいう方法なんてないけどな。

「……うん、認めるのは嫌だけど、そういう存在はいないみたい。昔から誰も相手にしてくれなくて」

おかしな話、少々変わってはいるが、タイトはどちらかというと優秀な高校生だった。とくにタブレットをつかいキャットキラーの犯行の説明をするときなど、進学校のベテラン教師のような見事さ。それが今はまたなんにでも気おくれする少年にもどっている。二重人格？

「別に友達なんていなくていいと思うけどな。スマホにはいってるアドレスの数を自慢するやつって、だいたいおつむが弱いから」

おれはアドレスは最小限に抑えたい派だ。核心に切りこんだ。

「なあ、さっきの話だけど、どうやってキャットキラーを誘いだすんだよ」

タイトは目を伏せた。視線の先、夏のあざやかな芝のうえでスズメが跳ねながらエサを待っている。おれもスズメを見ていた。子どもの握りこぶしくらいのおおきさのなかに、感覚器も脳神経系も内臓もほとんど人間と同じものが詰めこまれている。生きものってすごいよな。タイトはなかなか返事をしなかった。なぜかひとつおいたテーブルから、中年主婦のふたり連れがおれたちのほうを厳しい視線でにらんでくる。目があってもぜんぜんそらそうとしないのだ。西一番街の貧乏人に差別意識をもって、けんかを売る気なのだろうか。男ならひと言いってやるところだが、あいにくおばさんは苦手。

テーブルにはおれのハンバーガーと、タイトのグルテン抜きカルボナーラが届いた。

タイトの顔はパスタに使用した豆乳みたいに白くなっている。だいじょうぶか、こいつ。しおれた笑顔をみせていった。

「……あの、マコトさん、食欲ぜんぜんなくなっちゃった。これもたべてもらえませんか」

パスタの皿をおれのほうへ押しやる。

「なにいってんだ。朝からなにもたべてないんだろ。十代なんだから、しっかりくわなきゃダメだ」

おごられているくせに、なんだか兄貴みたい。そこでタイトは爆弾でも投げるようにいった。

「……あの、ぼくもキャットキラーなんです」

まるで意味がわからない。動物愛護の運動をしていて、肉をくわないだけでなく革ジャンやウールのセーターも着ない男子高校生が、キャットキラーでネコを虐待している？

「冗談はよせよ。おまえがキャットキラーなら、どうして別なキャットキラーを捜してんだ。今回のことはおまえがやったんじゃないだろ」

タイトはテーブルからコップをとると、冷たい水をひと口だけのんだ。いや、唇を湿らせた程度か。顔は白からさらに血の気が引いて青くなっている。重罪を自白する犯人のような顔だ。しぼりだすようにいった。

「……あの、ぼくは子どものころから、人とかかわるのが苦手でした。その場の空気が読めないというか。いつも人を怒らせてしまう。だんだんとクラスのなかでも無視されるようになって」

おれはハンバーガーをひと口試してみた。正面からタイトに返す言葉が見つからなかったのだ。パティは大豆からつくっているのだろうが、ぱさぱさではなく脂もあるようで冗談抜きでうまかった。ヴェジタリアンの料理って、こんなにすすんでいるのか。あっさり目のハンバーガーがくいたいときには、積極的にこれを選ぶ価値はある。もっともひと皿二千円の高級品だけどね。

「へえ、肉をつかわなくてもうまいハンバーガーつくれるんだな。おれはおまえの友達でもないし、事件が片づいたらもう関係なくなるんだ。なんでも話していいぞ。肩の力を抜いて、もっと気楽な顔をしろよ。パスタもひと口くえ」

タイトは目を伏せたまま、フォークをとるとパスタを巻いた。口にいれると、すこしだけ笑顔をみせた。

「……やっぱりここのパスタはおいしいや」

そいつはひと皿二千三百円。うまくなければ西池袋なら、暴動になる価格だ。

「おまえがかよってるのは、小学校から高校まである男子校だったよな。目白希望学園」

去年の東大入学者数は五十人くらい。昔はもっとよかったらしいが、それでも立派なものだ。タイトはそこの二年D組。話をしてる感じでは成績は悪くなさそうだ。だいたい会話で頭の程度ってわかるよな。タイトは急にまた別人になった。ためらいもなくはきはきとしゃべりだす。台詞を頭にたたきこんだ役者みたい。あるいはもう何度か舞台を踏んでるのかな。

「あれは冬の朝だった。今から三年まえで、ぼくは中学二年生。通学路の途中で、交通事故にあったネコの死骸を見つけた。チャトラのオスの成猫だった」

タイトの右手はゆっくりとフォークの先でパスタを巻いている。おれはその手の機械のような正確さから目が離せなくなった。

「ぼくはクラスで誰からも無視されていたので、なんでもいいから目立ちたかった。そのネコの死体をダンボールにつめて学校にもっていった。キャットキラーが目白西小学校にやったのと同じことをしたんだ。希望学園のフェンスの空高く、チャトラのネコの死体をつるした。スマートフォンで写真を撮って、ぼくのブログにもあげた。なんだか愉快だった。ぼくを無視する学校や同級生への復讐のつもりだったのかもしれない」

「……そうか」

今度はおれの食欲がどこかへ飛んでいった。それでもヴェジタリアンハンバーガーをひと口かじる。だされたものは片づけなくちゃな。

「ぼくのやったことで学園は大騒ぎになった。親も呼ばれたし、学園の保護者だけじゃなく、目白の近所でも有名になってしまった。あのネコ殺しの男の子って。一週間停学になり、スクールカウンセラーへの面談を三カ月で十二回も受けさせられた」

おれはひとつおいたテーブルに目をやった。ひそひそと話しながら、中年の主婦はおれたちのテーブルを見つめている。高級ヴェジタリアンで浮いたおれではなく、視線はタイトにむいていたのだ。この青白い少年は、目白では悪名高いお尋ね者だったのである。

三年たって、またキャットキラーがこの街にあらわれた。タイトが犯人捜しに真剣になるのも無理はなかった。やっていないといっても、誰も信じてくれないのだろう。

「でも、おまえはやってないんだよな。ネコをつるしたのはそのときが一回だけで、そいつもおまえが自分の手をつかって殺めたわけじゃない」

タイトが泣きそうな顔でおれを見た。助けてもらえるなら悪魔でもいい。そんな表情。

「……あの、そうです。ぼくはあのネコを殺してはいない。タイヤの跡もついていた」

おれは食欲などぜんぜんなかったが、残りのハンバーガーを口のなかに押しこんだ。フードファイターみたいに。

「わかった。おまえを信じる。おれといっしょに本物のキャットキラーを捜そう。金はいらないから、おれといっしょに動きたければ、そのパスタ絶対に全部くえよ。残すなんて許さないからな」

そいつはまあ、しつけの一環ってやつだ。おれはめしもまともにくわないようなやつと働きたくはない。

「……あの、ありがとう、マコトさん」

やつはまた臆病なタイトにもどり、鼻をすすりながら高級ヴェジタリアンパスタをたべ始めた。おれはうつむいた頭のつむじにいう。

「おまえはネコを殺してないんだろ。キャットキラーじゃないじゃないか。しっかりしろ。したを見ないで胸を張れ。ほかのやつの視線に負けんな」

タイトは涙を落としそうになると、何度も指先でぬぐいながら、テラス席でまっすぐに姿勢を正し、カルボナーラをたべた。まわりの客も、店の人も、驚いたように見ている。おれは誰に見られても笑顔を絶やさなかったし、タイトはたべるのをやめなかった。

男も女も関係ないよな。人間なら誰だって、ガッツを見せなきゃならないときがある。そんなときは、死にたくなるほどつらくとも胸を張らなきゃいけない。工業高校卒のおれにしたら、まだ十七歳のガキにいい勉強をさせてやったと思わないか。

まあ、おれのほうも涙ぐんでいたことは秘密にしておいてくれ。

おれが大豆のハンバーガーを口に押しこんでから十五分後、タイトはなんとか生クリームをつかわないカルボナーラをたべ終えた。

「ちゃんと食欲あるじゃないか」

高校生のころのおれなら、パスタに三分もかかったことはないけどな。長髪の高校生はすぐにタブレットをつかう。いくつか画面を飛ぶと、急に顔色が変わった。リゾートホテルのテラス席みたいなテーブルのうえ、タブレットを放り投げるように滑らせてくる。

そいつは橋の欄干（らんかん）のうえにおかれたネコの胴体だった。キジトラ模様がきれいだが、まえ足は二本ともなくなっている。止血などしていなかった。腹はかすかに呼吸で上下しているが、命は時間の問題だろう。

「ひどいな、こいつもキャットキラーか」

タイトは蒼白な顔でうなずくと、手を振ってウエイターを呼んだ。カードを渡し、会計をすませる。やけにあわてていた。

「どうしたんだ」

レシートを受けとると、いきなりレストランから走りだした。おれもすぐに追いかける。背中越しにやつが叫ぶのがきこえた。

「これはライブ映像です。あの橋には見覚えがある。きっと千登世橋(ちとせばし)だ。通学路だったから、間違いないです」

タイトとおれは三十三℃を超える熱線のなか、全速力で走りだした。風が生ぬるく肌の表をなでていく。

千登世橋は、明治通りのうえにかかる陸橋だ。目白通りがとおっている。きれいな石の橋で、そこから新宿方面を眺めると高層ビル群が見事で、夜景の名所としても有名な場所だ。

おれたちがいたヴェジタリアンの店からは直線距離で三百メートルというところ。もちろんおれたちは休みなく駆け抜けた。まあ、最後の五十メートルは足がもつれそうになったけどね。

さすがに真夏の午後で橋を歩く人間はいなかった。エアコンをきかせた自動車がとおりすぎるだけ。おおきな橋のほぼ中央、欄干のうえにはネットで見たキジトラが横たわっていた。タイトは周囲も見ずに、まえ足を両方ともなくしたネコに駆けつける。

「よかった。まだ息をしてる」

そのまま真っ白なTシャツの胸に抱きあげる。新しいシャツの胸がネコの血で染まった。おれは橋のうえから、四方を見まわしていた。ついさっきまで、キャットキラーはこの場所からストリーミングでライブ映像をネットに流していたのだ。やつはまだ近くにいるかもしれない。

「マコトさん、ぼくはこの子を連れて動物病院にいきます。いっしょにいきますか」

おれは橋のしたを走る明治通りをのぞきこんでいた。通行人が何人か。誰がキャットキラーだか、まるでわからない。荒い息を吐いて、おれはいった。

「ああ、とことんつきあう。キャットキラーのやつは許せねえ」

タクシーがむかったのは、目白通りの先にある動物病院だった。タイトは後部座席でぐったりと意識をなくしたネコに声をかけ続けていた。だいじょうぶだ、きっと助かる。痛かったけど、もうだいじょうぶ。その合間におれのほうをむいていった。

「これからいくホープ動物病院の先生は口は悪いけど、有名な名医なんだよ。ペットを飼う人にはすごく厳しいんだ。市販のペットフードなんかたべさせてたら、すごくしかられる」

おれには意味がわからなかった。

「ペットがくうから、ペットフードなんだろ。なにがいけないんだ」

長髪の高校生はおれを意識が低い人のように見る。まあ、確かにいろいろと意識は低いんだけど。

「何カ月も何年も賞味期限があるようなものを、マコトさんだって自分の子どもにはたべさせないでしょ。ペットだって同じだよ」

「じゃあ、どうすんだ」

「毎回手づくりするんだよ。メニューは同じでいいから、献立に悩むことはないけど」

うーん、ペットを飼うというのは、現代ではたいへんな難事業らしい。おれはネコもイヌも飼うつもりはないから関係ないが。

ホープ動物病院は昼休みだった。受付の小窓にはカーテンがさがっている。待合室に人もいない。タイトは呼びだしのボタンを押した。女性の看護師が顔をのぞかせた。タ

イトが叫んだ。

「急患です。キャットキラーにまえ足を切られています」

血だらけの胸をしたタイトとぐったりしたキジトラを見て、若い看護師の表情が引き締まる。奥にもどりながら声をかけた。

「先生、お願いします」

数秒後、遅い昼食で口をもぐもぐとさせながら、半袖の白衣の獣医がやってきた。ひげ面（づら）、がっしりした身体つき。高級住宅街のペット医師というより、下町の整体師という雰囲気だ。タイトは胸に抱いたネコをあげていう。

「尾長（おなが）先生、キャットキラーにやられました」

「くそっ、またあの変態野郎か。タイト、その子を手術室に連れてきてくれ」

タイトはネコを抱えたまま、奥の部屋にむかう。獣医が汗だくのおれを横目で見ていった。

「あんた、タイトの連れか。あいつが誰かとくるなんて、めずらしいこともあるもんだ」

緊急手術はそれから二時間かかった。おれとタイトは待合室のベンチで、延々と待ち

続けた。人でも動物でも手術を待つ時間って、たまらないよな。その重苦しい時間の半分くらい、おれはやっといろいろな話をした。

最近の高校生の生活、受験勉強のこと、それに親のこと。タイトは初対面の相手に、こんなにいきなり深い話をするのは、生まれて初めてだといった。おれには人から話をききだす特殊な能力がすこしばかりある。それでもやはりまえ足を失ったキジトラの力だろう。

動物やトラブルには、人と人を結ぶ力があるのだ。

「手術終わりました。尾長先生から、説明があるそうです」

看護師が声をかけてきた。

タイトは硬いベンチから立ちあがるといった。

「マコトさんもいっしょにきく？」

のりかかった舟だった。もうおれは河口までいくつもり。

「ああ」

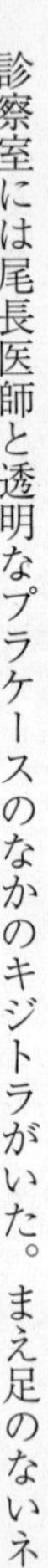

診察室には尾長医師と透明なプラケースのなかのキジトラがいた。まえ足のないネコ

は、ぐったりと意識を失い横たわっている。おれとタイトは丸椅子に腰をおろす。

「あー、キャットキラーの変態野郎はほんと許せねえな。今日も、まともに昼めしくえなかった。これから午後の予約をこなさなきゃならねえんだ。たまらんな」

おれをちらりと見てから、獣医はいった。

「タイト、また今回もいつもと同じでいいのか。ただ今度のは手ごわいぞ」

横から口をはさんだ。

「いつものってなんなのかな」

じろりとぎょろ目でおれをにらむ。

「あんた、誰だ？」

皮肉の利いた返事をしようと口を開いたところで、タイトがいった。

「池袋の有名なトラブルシューターで、真島誠さん。キャットキラーを捜す手伝いをしてもらってるんだ」

尾長医師は手元のカルテに目を落としていう。

「そういうことなら、ぜひあの変態をとっつかまえてくれ。いつものってのはな、タイトはとんだ動物愛護家で、病気や怪我をしたネコを拾ってきては、うちに連れてくるんだ。それで自分で飼っちまう。このキジトラで五匹目だ」

あきれた。学校にネコの死体をつるしてから、そんな贖罪（しょくざい）を続けていたのか。

「止血はすませた。処置が早かったから、なんとか助かるだろう。あと五分も遅ければ今ごろ天国いきだ。だが、この子はもうまともに歩けるようにはならない。それとな、左目もふさがっている。あの変態は目をむりやり開かせて、瞬間接着剤を注ぎこんだみたいだ。止血よりもこっちのほうがたいへんだった。元どおり見えるようになるかもわからない。それでもこの子を、家に連れて帰るのか」

タイトは今度は迷わなかった。……も、あのもなしに即座にこたえる。

「はい。大切にします」

尾長医師はタイトの細い肩をたたいた。

「そうか。それなら、いいんだ。この子が生きていけるチャンスをくれて、ありがとうな。おれはいつもおまえに感謝してるぞ」

あやうくおれのゆるい涙腺が崩壊しそうだった。だが、おれはひとつだけ確かめずにはいられなかった。

「なあ、タイト、先生はおまえが中学でやったことをしってるのか」

尾長医師はおれをにらみつけてから、タイトにいう。

「ああ、こいつがなにをしたかなんて、よくしってるさ。だがな、人間昔なにをしたかじゃないだろ。今なにをしてるかだ。容体が安定するまで二日三日あずかるから、そしたら迎えにきてくれ」

タイトは肩を震わせていった。

「はい」

身体のあちこちに障害を抱えた五匹のネコと暮らす高校生か。たぶん食事はこいつが毎日手づくりしているはずだ。罪滅ぼしというにはあまりに重い十字架だが、やつは別に重いなんて感じていないのかもしれない。尾長医師がおれの目を見ていった。

「あんた、有名なトラブルシューターなんだろ。さっさとキャットキラーを捕まえて、罪のつぐないをさせてくれ」

おれは返事はしなかった。あごの先が胸につくくらい力をこめて、しっかりとうなずいただけだ。

待合室の二時間で、今後の作戦は決まっていた。もうすでに最初の餌はキャットキラーに投げてある。タイトが中学生のとき、ネットにアップしたネコの死体の写真を送り、やつのブログにレスをつけたのだ。あなたのファンです。いっしょに憎い害獣を殺処分していきましょう。ハンドルネームは、元祖キャットキラーだ。
おれは衝撃的だったタイトの写真が、キャットキラーに影響を与えていたと思ったの

である。どちらも小学校のフェンスという共通点があり、青空を背景にしていたのも同じだ。キャットキラーは絶対にタイトの虐待写真を参考にしているはずだし、タイトのことを覚えているだろう。

おれは動物病院からJR目白駅にいき、電車でひと駅の池袋にもどった。夕方の書きいれどきで、ずっとひとりで店番をしていたおふくろには盛大に怒られた。だが、まえ足を失ったキジトラの話をすると、目をつりあげて、さらにおふくろは怒った。

「そんなやつは、生かしちゃおけないね。両腕をもいで、千登世橋の欄干からぶらさげてやりゃいいのに。マコト、さっさとキャットキラーを見つけな」

獣医といい、おふくろといい、人に命令するだけなら気楽なものだ。おれは店番をしながら、店のCDプレイヤーでショパンの「子猫のワルツ」をかけてみた。同じくショパンの「子犬のワルツ」ほど有名じゃないが、なかなかかわいらしくていい曲だ。ピアノの鍵盤のうえを転がるように走るピアニストの指先が想像できるようなメロディである。

まあ、まだ名前のないあのキジトラはもう二度と自分の足で走ることはできないけれど。

その夜、またタイトがうちの店にやってきた。おふくろはおれから話をきいているので即座に大歓迎。まあ中年のおばさんって、長髪で内気で頭のいいイケメン高校生には百パーセント目がないのだ。いいメロンはこうやって豪快にくうのがうまいんだ。うちの店で一番高いマスクメロンを切って、おれとタイトに半分ずつくれた。

タイトはメロンに手をつけるまえに、タブレットをおれに見せた。早速キャットキラーからのリプライがきている。

「えーとなんだ。わたしもあなたのファンです。ぜひ情報交換しましょう。いつか直接会って、お話をするのもいいかもしれません。現役キャットキラーより」

添付された写真は、千登世橋のキジトラのものだった。一枚目では左目に瞬間接着剤を流しこみ、二枚目ではのこぎりでまえ足を切断中。三枚目はすべてが完了して、段ボールの底にいれられたぼろきれのようなキジトラだ。おれはいった。

「……さすがにひどいな」

おふくろがちらりと画面に目をやっていう。

「こいつは死刑か無期懲役にできないのかね」

おれは首を横に振った。世界のどこの国の法律でも動物虐待で死刑はない。命の重さは人間だけ特別なのだ。それに確かな理由があるとは、おれにはぜんぜん思えないけどね。

「マコトさん、レスどうしますか」

「二、三度話をあわせて、やつに返してやれよ。虐待写真をつけるのも忘れないようにな。ネットに転がってるのでいいけど、ちょっと加工したほうがいいかもしれない」

おふくろが接客で、店の外にでたすきに低い声でいう。

「学校でばれて停学をくらい、今は公開してないけど、秘蔵の写真が手元にあるから送ります。そんな調子の一文も忘れずにな」

さっとタイトの顔が赤くなった。まだふれられると痛む傷口なのだろう。だが、キャットキラーを速攻で捕まえるのには、お上品になんてやってられない。新たなネコの犠牲はなんとしても抑えたかった。

その夜、おれがショパンのさまざまなワルツをきいているあいだに、けっこうな進展

があった。キャットキラーは相手が同じ趣味の仲間だとわかると、ネットではやけに饒舌になった。ひと晩のうちに予定の三ターンのやりとりが速やかに完了してしまう。

真夜中、タイトと電話で打ちあわせをした。

「どうする、さっさと罠を張るか。鉄は熱いうちに打てというよな」

タイトは一瞬考えていった。

「今、いい感じだから、一度誘いをいれてもいいかもです。むこうの都合がつかなければ、先に延ばしてもいいし」

「そうだな。高校生らしく、明日でどうだ。夏休みでひまでしかたないってさ」

学生時代の遊びの予定って、だいたい明日どうするって話だったよな。今の子どもたちは、ひと月先なんてこともざらだけど。

「了解。それでいってみます」

「またやつとタイトのメール、送っておいてくれよ」

「わかりました。だけど、うまくキャットキラーを引きずりだせたら、そのあとはどうするんですか。マコトさんがやつを押さえるのかな」

おれはショパンにあわせて、低く口笛を吹いた。

「おれはこう見えてけっこう頭脳派なんだ。その手の荒事はほかのやつらにまかせる。小金がかかるけど、それでもいいか。池袋のGボーイズってしってるだろ」

いつのまにか、タイトはおれとスムーズに話せるようになっていた。まだしりあって二日とたっていないんだが。おれは金の心配はしていなかった。なにせタイトは保険がきかず三十万近くしたキジトラの手術料金をためらうことなくカードで支払ったのだ。

「ああ、しってる。有名なギャング団ですよね。うちの高校にメンバーはいないけど」

「よし、それなら目白で罠を張ろう。場所はホテルメッツでいいな。時間はむこうの都合にあわせていいけど、夕方くらいがいいかな」

あまり人がいない時間では、張りこみが目立つだろう。まあ、Gボーイズは街に溶けこむことにかけては、警察などよりずっと腕利きだが。続く五分で、おれたちは細部をつめて電話を切った。

翌日の午前十時ちょうど。東京都心が三十五℃を記録したというニュースをきいてから、おれはタカシに電話した。とりつぎがでて、すぐに代わる。クーラーの噴きだし口のような涼やかな声。
「なんの用だ？　おまえにしては早いな」
午前中にGボーイズの王さまに電話することなど、確かにめったになかった。ホワイトカラーの会社員と違って、おれの仕事は午後からがメインだ。あとは車が一台とバイク一台くらいかな」

「人を借りたい。コンビが三組もあればいいだろう。あとは車が一台とバイク一台くらいかな」

虐待は単独の犯行だろう。やつが尾行に慣れているとも思えない。またも北極の雪解けのような冷たい声。

「ターゲットは？」

くいついてきた。おれは一拍おいて、タカシをじらそうとした。するとやつはいきなり通話をプツンと切った。王族は平民に待たされるのが、心底お嫌いらしい。またかけなおすと、タカシはまったく同じトーンでいう。

「ターゲットは？」

またガチャ切りされたら、たまらない。おれはあわてていった。

「いくら友達でも傷つくぞ。目白のキャットキラーだよ」

「ああ、なるほどな。あのネコ殺しか。ゲスなやつがいるもんだ」

「依頼人といっしょに、やつと面会するアポをとった。ホテルメッツ目白の一階にあるカフェ兼イタリアンだ。今日の五時にやつはくる」

タカシは王の無関心でいった。

「あい変わらず、おまえはおもしろそうな事件に首をつっこんでるんだな。ひまだから、おれも顔をだす。

「ギャラは？」

　確かにタイトの親は金もちそうだ。だが、依頼人の利益を守るのも、トラブルシューターの仕事だった。

「依頼人はまだ高校生なんだ。格安にしてやってくれ」

　おれは九十秒で、まえ足を切断され左目に瞬間接着剤をつめられたキジトラと、胸を血で真っ赤にして動物病院に連れていったタイトの話をしてやった。手術代を払ったのはタイトで、やつはキジトラを一生飼うつもりだということも。タカシの声が角の丸くなった氷のようにまろやかになる。台風が首都圏を直撃するくらいめずらしい話。

「そうか、タイトというのか、そのガキ。わかった、そいつのアルバイト代で、この仕事は受けてやる。マコト、さっさとキャットキラーをおびきだせ。裁きはＧボーイズがくだす。器物損壊とは比較にならないようなきつい罰をな」

　歌手ののどを焼くためにパイプ洗浄剤をのめといったり、窒息マニアの男を送り襟締めで何度も繰り返し失神させたりするのだ。キャットキラーにキングがくだす罰を想像して、おれの背筋に鳥肌が立った。

　まあネコ殺しに同情する気なんて、これっぽっちもないけどな。

その日は店番をしながら、ネットサーフィンに明け暮れた。裏サイトにあるキャットキラーのブログを、食欲がまったくなくなるほど何度も読みこんだのだ。やはり目白西小学校のものが圧倒的なインパクトだった。学校の緑のフェンスにつるされたメスのミケの子ネコ。よく見ると、このネコもまえの右足を失くしていた。刃物による切断だ。キャットキラーのやつはなぜか、ネコのまえ足に強い執着があるようだった。一回をのぞいては、すべてのネコの足をなんらかの形で切り落としている。

おふくろは、険しい顔で動物虐待ブログをにらんでいるおれを、気味悪そうに眺めていた。まだ優に三十℃を超えている午後四時、おれがキャットキラーをつかまえにいくといったら、安堵の顔をしていう。

「その仕事が終わったら、もうあんなネコ殺しのブログを見なくてもいいんだろ。さっさといってきな。あんなもの見るだけで、心が汚れちまうよ」

見たら心が汚れるようなものは、見ないようにする。そいつは確かに昭和的だが、実に立派な人生観だとおれは思う。

おれとタイトは約束の二十分まえに、別々にホテルメッツ目白にはいった。ランチタイムはとうに終わり、客はぱらぱらとしかいない。タイトは目白通りに面したテーブル、おれは奥の壁際にとおされたが、ウエイトレスにいって窓際にしてもらった。視線だけで、タイトに合図を送る。

おれはノートパソコンを開き、いつものようにコラムの下書きでも始める形に、テーブルのうえを整えた。スマホの画面では、ラインをタイトとつなげたままだ。打ちこんだ文章を送った。

［やつがきたら、適当に話をあわせて、外に連れだしてくれ。あとはおれとGボーイズが片をつける］

おれはホテルの前庭にいる、三組のコンビを順番に目で追った。ここは目白駅の横に建つ、中堅どころのビジネスホテルだ。目白通りに面した側には赤いタイル張りの広場がある。今そこには張りこみの網が投げられ、キャットキラーを待ち受けている。目白通りにはハザードをつけた黒いワンボックスカーが停車していた。拉致(らち)用の足だ。

おれたちに遅れること五分。キングが猛暑日だというのに、麻のジャケットを着てやってきた。ホワイトオンホワイトのコーディネートだ。おれの席にくるといった。

「待たせたな」

まったく待ってなどいない。

「外のクルマにでもいればいいだろ、タカシ」

ツンドラ地帯に生える苔のように冷たくそっけない声。

「おれは車は好きじゃない。あのワゴンのなかはとくにな」

それはそうだろう。Gボーイズにいきなり拉致された気の毒な獲物は、結束バンドで手首と足首をくくられて目隠しをされるのだ。恐怖の汗を滝のように流し、ときに失禁する。人が死の恐怖により流す液体のにおいは、消臭剤でかんたんに消せるようなものじゃない。おれはいった。

「あと十分だな。まあ、久しぶりにタカシと世間話でもするか」

池袋に絶対王政を敷くキングが怪訝な顔をしていった。

「マコトとおれのあいだに世間話なぞ、あるのか」

確かにそんなものはなかった。おれたちが見ている世間はまるで別ものだ。おれたちはそれから、言葉すくなに獲物を待った。おれとタカシのあいだでは、沈黙は苦痛にならない。どんなときでもコミュニケーションが必要だなんて、今のガキは考えすぎだよな。

定刻の五時になっても、キャットキラーはあらわれなかった。おれはとなりのテーブルにきこえるようにいった。

「なんだか、様子がおかしいな」

五時七分、タイトのスマートフォンが鳴った。着メロはキャット・スティーブンスの「ピース・トレイン」だった。古い音楽をよくきいてるガキ。おれのほうを見て、怯(おび)えた顔でタイトがいった。

「キャットキラーからだ」

おれはタカシと目を見あわせた。

「スピーカーフォンにしろ。話をなるべく長引かせろ。なんでもいいからやつから情報をとるんだ」

タイトがスマホにいった。

「はい、元祖キャットキラーです。現役さんですか」

「ああ、そうだ。おまえら、いったいなんなんだ」

しゃがれた、すこし高い声。これがキャットキラーか。タイトが返事をする。

「おまえらって、ぼくはひとりですけど」

「いや、となりのテーブルにもいるだろ。ふたり組の男が」

タカシとおれのことだ。キャットキラーはこの店内が見える場所にいて、今電話をかけている。タカシはスマートフォンを抜いてGボーイズにいった。

「視界のなかにやつはいる。現在通話中だ。捜せ」

タイトは白を切った。おれはそれでいいという調子で、親指を立てる。

「どういうことかわからないんですけど」

いらだったキャットキラーの声。

「昨日、橋のところでおまえとそいつのふたりでいただろう。おれの獲物を回収してたな。おれはちゃんと見てたんだよ。おまえら警察には見えないな。どこかの動物愛護団体か」

おれは目白通りの左右に視線を走らせた。この駅周辺には学校が多く、夏休みの部活帰りの学生で交差点はラッシュアワーのような混雑だった。人波のどこかにキャットキラーがいるはずだが、まるで見分けがつかない。

「違いますよ。ぼくは動物を痛めつけるのが好きで、キャットキラーさんを尊敬してます」

「おまえガキのくせに、口がうまいな。立派な詐欺師になれるぞ」

おれは両手をあわせてから引くジェスチャーをした。できるだけ引き延ばせ。時間を稼げ。

「だったら、電話だけでもいいですよ。キャットキラーさんは絶対安全なところにいるんでしょ」

ふふふと虐待犯は笑っていった。

「ああ、そうだ。おれは用心深いからな」

話を延ばすためになにかいいネタはないか。おれはさっきまで何十回も見ていたやつのブログを思いだした。テーブルの紙ナプキンに走り書きする。まえ足切断はなぜ。丸めた紙ナプキンをタイトに投げてやる。

「へえ、さすがですね。ぼくもキャットキラーさんの仕事を見ていて、すごくクールだなってあこがれてることがあるんです。なんで、ネコのまえ足を切るんですか」

タカシがスマートフォンに命じた。

「もう姿を隠さなくていい。やつを捜せ。近くのボーイズに応援要請しろ。ターゲットは二十代から三十代の若い男。声の感じでは小柄だ。今も通話中でスマホをつかっている。イヤフォンをかけているかもしれない。この席が見える目白通りのどこかにいる」

興奮でざらざらした声が、タイトのスマートフォンから流れだした。シロップのようにべたりとネコ殺しの声がテーブルに広がる。

「なんにでも最初がある。事故でうちのネコが片足を切断してさ、それから足のないネコがかわいくてたまらなくなったんだよ。そいつはベージュ色で、ピスタチオって名前だったんだけど。事故のあとすぐに死んでしまった。ピスタはかわいいネコだったな」

タイトは吐き気をこらえるような顔をしている。それでも気丈にいった。

「へえ、そんなにかわいいネコだったんですね。だけど……」

タイトがなにかいいかけると、キャットキラーがかぶせるようにいった。

「いや、ほんとなんだよ。生きてる普通のネコより、足を切断して死にかけてるネコのほうが百倍もかわいいなんて、おれにも想像がつかなかった。ピスタはいい思い出を残してくれただけじゃない。ネコという生きものの真実の価値を教えてくれたんだ」

キャットキラーの声は酔っ払いのようだった。

「命っていうのは、消えるときに、猛烈に輝くんだ。人ならたいへんだが、ネコなら何度でもたのしめる。つかまってもせいぜい器物損壊だ。ガードレールに車をぶつけて壊すよりも、安上がりなんだよな。まったくいい世のなかだ」

ホテルメッツ目白の前庭では、Gボーイズがあちこち走りだしていた。

「じゃあ、おれはいくよ。もうおまえに会うこともないだろう。せいぜいおれのブログでもたのしんでくれ」

タイトはスマートフォンをとりあげて、送話口にむかって叫んだ。

「ちょっと待ってください」

ぷつりと通話が切れる。タイトは口元を押さえて、奥のトイレに走った。

「とんだ失態だったな、マコト」

タカシの痛烈なひと言で、イタリアンレストランの反省会は始まった。おれはため息をついていった。

「キャットキラーのやつはそうとう用心深いみたいだ。昨日ライブ配信をしたあとも、あの場所に残っていたんだ。おれたちがキジトラを保護したところを見ていたみたいだ」

「マコトがタイトの近くにいたのが失敗だったな」

タカシの冷静な指摘にかちんとくる。

「タイトはまだ高校生だ。やつはネコの足の切断に刃物をつかっている。おれが近くに控えるのはあたりまえだ。それより自慢のGボーイズはどうした。見事にキャットキラーに逃げられたよな」

タカシの顔には反省の色は、東京の初雪ほども積もっていなかった。

「こういうことは誰にでもある。問題はつぎだ。マコト、キャットキラーを捜しだせ。

おれたちは池袋にもどる。いい話を待ってるぞ」

タカシはテーブルの伝票をつかむと、さっさと店の出口にむかってしまった。やつなりの謝罪の表現かもしれない。おれとタイトはふたりだけで目白のイタリアンに残された。

緊張で肩がかちかちに固まっていた。おれは窓際のテーブルで背伸びをしていった。

「しかたない。最後に情報整理でもしておくか」

「はい、マコトさん」

切れのいい返事をすると、タイトはスマートフォンを操作した。すぐにキャットキラーの声がスピーカーから流れだす。

「とっさの判断で録音してたのか。お手柄だな、タイト」

うれしげに長髪をなでつけるとタイトはいった。

「マコトさんになんでもいいから情報を引きだせといわれたから。記録しなくちゃと思って」

おれたちはそれからテーブルの中央においたスマートフォンを眺めながら、三度繰り返してキャットキラーとの短い通話をきいた。なんというか人の心を削る声ってあるよな。おふくろがいっていた心が汚れるような声だ。こんな声をもって生まれたからキャットキラーになったのか、キャットキラーになったせいでこんな声になったのか。おれにはそいつはよくわからない。

三回目の再生の途中で、おれはいった。

「そこでとめてくれ、タイト。もう一度、今のところを流してくれ」

それはやつが電話を切る寸前だった。キャットキラーのしゃがれた声が話している。

〈なんにでも最初がある〉

「ここですか、マコトさん」

おれはうなずいてつぎの言葉に耳を澄ませた。

〈事故でうちのネコが片足を切断してさ、それから足のないネコがかわいくてたまらなくなったんだよ。そいつはベージュ色で、ピスタチオって名前だったんだけど。事故のあとすぐに死んでしまった〉

おれはタイトと目を見あわせた。

「今、やつは飼っていたピスタチオというネコが、事故にあって足をなくしたといっていたな」

タイトは不思議そうな顔でおれを見ている。

「だとしたら、どこかの動物病院に連れていってるはずじゃないか。やつはたぶん目白界隈に住んでいる。救急でいく動物病院なんて限られているはずだ。手術の設備が整っていて、外科の評判のいいところ。そんなのが目白にいくつある？」

ようやく気づいたようだ。タイトの目が輝きだす。

「ぼくのしってる限り、せいぜいふたつ。でもカルテは個人情報保護法で、守られてますよ。かんたんには見られません」

やはり警察にこの情報を伝えて、捜査を待つしかないのだろうか。器物損壊の犯人を熱心に捜してくれるとも思えなかったが。

「まあ、おれたちにできるところまでやってみよう。ホープ動物病院の尾長先生なら、事情を話せばなんとかなるだろ」

その足でおれたちはぶらぶらと動物病院にむかった。ダメ元のつもりだったので気は

軽い。目白通りのしゃれた商店街を歩きながら、タイトにいった。

「おまえさ、まだ自分のやったこと引きずってるのかもしれないけど、そろそろ忘れてもいいんじゃないか。さすがにおまえだって、世界中のケガしたネコを飼うなんて無茶はできないんだしさ」

日がだいぶかたむいて、中層のビル街のうえで燃えている。夏の夕日って溶かした金属みたいだよな。

「はい。それは自分でもわかってるんです。飼うことができないなら、ほかの方法で助けよう。ぼくは尾長先生に会ってから、そっちの方向に考えが変わりました」

おれはとなりを歩く高校生を見直していた。

「へえ、タイトは獣医になるのか」

「はい、今の成績ならむずかしくはないですし、人口は減ってるけど、ペットは増えているので、将来性も十分だと思います」

ちゃっかりしたガキ。だが、一生の後悔や消せない傷が天職を見つけてくれることもある。ユーチューバーになりたいというその他大勢よりもずっとましじゃないか。

「その気もち、いつかあのおっかない先生にぶつけてみろよ」

タイトは照れたように笑った。男ははじらいのある笑顔がいいよな。年に一千億売りあげようが、そのへんのいかれたネット企業の社長には、そのはじらいが足りない。

「で、なんだってんだよ。おれはいそがしいんだぞ」

　尾長医師の東京下町言葉が響いた。前日にいったばかりの診察室だ。おれも負けずにいい返す。

「自分だってキャットキラーを早くつかまえろって、いってたじゃないか。なんとかやつの尻尾（しっぽ）をつかんだみたいなんだ。とにかくこれをきいてくれ」

　タイトにうなずきかけた。キャットキラーとの通話が再生される。目を閉じ、腕を組んできいていた尾長医師が、ピスタチオというネコの名前で目を見開いた。

「ああ、まいったな。まだ一年にもならないんだ。まさか、あいつがキャットキラーだなんて。だが、おれも動物病院の院長だ。警察からの依頼でもないのに、カルテを勝手に見せるわけにはいかんのだ」

　そういって、おれとタイトにぎこちないウインクをした。相手が女ならセクハラで訴えられて、確実に有罪になりそうなやつ。尾長医師は机のうえにあるパソコンのマウスを何度か操作した。

「おれはこれから便所にいく。でかいほうだから、五分はもどってこないだろう。そのあいだにおまえらがなにをしようが自由だ。たとえ電子カルテが画面のうえで開いてあってもな。おまえたちの目にたまたまはいったにすぎない」

タイトが深々と頭をさげた。

「やっぱり尾長先生だ。ここは目白一の動物病院です」

尾長医師はまた不細工なウインクをしていった。

「そこは北東京一にしとけ。じゃあ、勝手に帰るんだぞ。おまえらはカルテの閲覧許可は求めなかった。おれも許可はださなかった。そういうことで、よろしく」

ぼさぼさの髪をかきながら、口の悪い獣医が診察室をでていった。おれとタイトは一礼した。そりゃあ、そうだ。人間の値打ちがウインクのうまさで決まるはずがない。

輝く液晶ディスプレイには、診察券の登録カードが呼びだされていた。

男の名前は、大前宏隆（おおまえひろたか）（32歳）。住所は東京都豊島区目白二丁目。スマートフォンの番号も、ペット保険の番号もある。タイトがいった。

「これで住所は間違いないです。ペット保険は審査が厳しいから、ちゃんと住所確認をしているので」

おれより頭の切れるガキ。タイトがマウスを操作すると、画面がスクロールした。ピスタチオ（メス・7歳）のカルテがでてくる。交通事故による粉砕骨折により、右まえ足を切断。X線の画像が何枚か続く。

おれとタイトはスマートフォンで、すべての画面を撮影していった。おれはなんの連絡もいれずに、その場でタカシに送りつけてやった。

「いこう、タイト」

「はい、マコトさん」

タイトは開いたままのカルテをマウスで閉じると、おれといっしょにすべるように動物病院の診察室を離れた。

つぎの日の早朝、おれたちは目白二丁目のワンルームマンションのまえに集合していた。クルマは二台。例の拉致用ワンボックスと、タカシの指令車であるボルボの最上級RVだ。タイトは自分の目でキャットキラーを見たがったが、同席は遠慮してもらった。万が一法律上のもめごとになったとき、目撃していないほうが法廷では好印象だからだ。

キャットキラーがエントランスからでてきたのは、八時半すぎだった。小柄で小太りの三十代にしては老けた男だった。短パンにネコ（アビシニアン）のプリントのTシャツ。やつはハミングしながら、白いタイル張りのマンションの駐輪場にむかう。大型スクーターに手をかけたとき、大波のようにGボーイズが急襲した。猿ぐつわをはめ、手首をうしろで拘束する。叫び声をあげるヒマさえ与えない。そのまま黒い拉致車の荷台に放りこまれた。

おれは腕時計を見ていたので、正確な所要時間をしっている。ジャスト四秒だ。もの音も叫び声もない高級住宅街の朝の四秒だった。キャットキラーに同情の余地はないが、それでもおれはGボーイズのスムーズさに震えあがった。

なあ、よい子のみんなはネコの足を切断して、ネットにアップしたらいけないよ。

そのあと、おれだけ池袋西一番街でおろされた。またいつもの店番の仕事が待っている。朝九時まえなのに、もう気温は三十℃を超えていた。例によって猛暑日の始まりだ。おれは店先に商売ものの果物をならべながら、目白のキャットキラー・大前宏隆の身に迫った運命については考えないようにした。

その日の真夜中、ウエストゲートパークのベンチに男がひとりおもちゃの手錠でつながれていた。両腕のひじの関節が脱臼して、目と唇は瞬間接着剤で固められていたそうだ。想像しただけでうんざりするよな。あれをはがすのはひどく痛いから。もちろんキャットキラーの命に別状はないが、やつの全身にはネコの虐待写真がべたべたと何枚も貼られていたという。大前の犯行の証拠写真だ。

警察は翌未明に大前を保護したが、犯人のゆくえを熱心には追っていないようだという。自業自得だ。キャットキラーの器物損壊罪と犯人の傷害罪を天秤にかけて、大目に見てくれたのかもしれない。ときに警視庁も粋なことをする。

タカシはその日、おれの手際のよさに驚いていた。ホテルメッツで失敗してから、ほんの二時間後にはキャットキラーの正体をつかんだのだから、まあ当然だ。おれの株はGボーイズのあいだでうなぎのぼり。一円ももうからないけどな。

結局、あのキジトラの入院は四日間に延びた。おれはタイトといっしょにキジトラをホープ動物病院に迎えにいった。尾長先生はおれたちの顔を見ると、顔を崩して豪快に笑った。おれの肩を痛いほどたたいていう。

「しゃれたことをするやつもいるもんだ。キジトラの目から瞬間接着剤をはがすのに、おれはたいへんな苦労をしたんだ。キャットキラーもいい気味だな。まあ、おれはなにもしていないが」

にこにこと笑うタイトのとなりで、おれは会釈(えしゃく)していった。

「なにもしないでくれて、ありがとうございました。ほんとに助かりました。ほら、タイト、先生になにかいうことあるんだろ」

タイトは顔を真っ赤にして口を開いた。

「ぼくはいつか尾長先生のような獣医になりたいです」

驚いた顔で目をぎょろりとむいてから、尾長医師はいった。

「最近の女の客はひでえんだ。獣医としての腕だけじゃなく、若くてイケメンかどうかで、動物病院を選んでる。タイトが獣医になるのは大歓迎だが、どこか遠くの街で開業してくれよ」

おれは爆笑しながら考えていた。動物病院の医師にまでイケメン病が蔓延(まんえん)しているのだ。日本の女たちも末期症状である。タイトはひどく真剣な表情でいう。

「……あの、給料はいりませんから、ぼくをこの病院で働かせてもらえませんか。どんな仕事でもします。動物病院の現場を勉強しておきたいんです」

「おう、そうか。だったら今日からでもこい。資格がいるような治療はまかせられないが、動物病院のきたねえ現場を全部みせてやるよ。まあただ働きもなんだから、バイト代くらいはだしてやる」

おれは微笑みながら尾長先生とタイトを眺めていた。やる気のある若者って、魅力的だよな。駅まえの果物屋の店番に弟子いりするやつなんて、どこにもいないだろうが。

帰り道、タイトの手にさげられたキャットキャリーのなかで、まえ足をなくしたキジトラは盛んにうなり声をあげていた。病院のケージからキャリーのなかに移すときには、ちいさなネコは血がでるほど、タイトの指をかんだ。まだ人間の善意は信じられず、人の手が恐ろしくてたまらないのだろう。無理もない。まえ足を二本とも麻酔もなしで切断されたのだ。
目白通りを歩くタイトは、休むことなくキャリーのなかに語りかけていた。ごめんね、ひどいことをして。もう心配ないよ。これからは痛いことはないんだ。人間にもいい人はいるよ。おれは音楽でもきくように、タイトが傷ついたネコに語りかける言葉をきいていた。どんな名曲だって、こいつにはなかなかかなわない。
千登世橋のたもとの信号で別れるとき、タイトはおれにいう。
「ぼく、この子の名前決めました。男の子だから、マコトさんの名前をそのままもらって、マコトにしていいですか」

ぎらぎらと照りつける夏の日ざしのなか、やけに真剣におれのほうを見てくる。おれはタイトがTシャツの胸を血まみれにして、このキジトラを抱えていた姿を思いだしていた。

「そいつの命を救ったのは、おまえなんだから、名前くらい自由につけろよ。だけど、おれの名にするなら、あまりきつくしからないでくれよ」

「はい、マコトさん、今回はほんとにありがとうございました」

タイトがさっと頭をさげた。キジトラの子ネコはきっと野良だろう。タイトに厳しくトイレットトレーニングを受けるところを想像したら、なんだかおかしくなってきた。ネコ用の砂のトイレか、ペットシーツにでも上手に小便できたら、キジトラのマコトは頭をなでてほめられるのだ。

「よくできたね、マコちゃん」

おれは幼児プレイには興味がないので、信号が青に変わるとさっさと横断歩道に足を踏みだした。タイトとキャリーのなかのちいさなマコトにむかい、肩越しに手を振ってやる。あとは振りむくこともなく、磨いたばかりの窓ガラスのように澄んだ青空のした、おれのホームタウン池袋にむかって、のんびりと汗をかきながら帰っていった。

西池袋ドリンクドライバー

緑のおばさんは、あんたもしってるよな。雨が降ろうが、雪が舞おうが、猛暑日だろうが関係なく、朝夕横断歩道や交差点に立ち、子どもたちの交通安全を守る、考えてみればスーパーヒーローみたいな仕事である。正式には学童擁護員というらしい。

おれはガキのころ、緑のおばさんの仕事には見むきもしなかった。毎日見かけていたはずなのに存在さえ忘れてしまうくらい。まあ子どもは友達と遊ぶことに手一杯で、通学の途中で見かける大人なんて、完全に無関心。落ちてるセミの抜け殻や、アイスバーの当たり棒や、新作ゲームの意外と手ごわくセクシーな中ボスのことなんかで、おお忙しなのだ。

だけど考えてみたらすごいよな。宮沢賢治みたいに日本の異常な気象に負けず、どんな天気でも朝の七時から街に立つのだ。おれたちの世界には思ってもみないところで超人的な活躍をしている人間があちこちにいるというわけ。ヒーローは子どもだましのアメコミ映画のなかにだけいるんじゃない。

そういう意味では、おれやあんたにだって立派にヒーローの資格はあるのかもしれない。ただの動物のくせに毎日働いているなんて、ニンゲンってほんとにえらいものだ。おれの場合、ときどき店番をさぼって池袋の街をぶらつけるし、息抜きで街のトラブルに鼻をつっこむこともできる。それでもほとんど毎日店番に立っている。ラスト・店番・スタンディング。世界が終わるときでも、おれは傷もののパイナップルやサンふじなんかを売ってるのかもしれない。

今回のおれの話は通学路を非常識なスピードで飛ばすいかれたドライバーと執念の学童擁護員のちょっと泣けるストーリー。おれ自身はあまりセンチメンタルなのは好きじゃないが、たまにはそういうこともある。鼻水と涙をみっともなく垂らしながら、誰かの肩に手をおく。あんただって、長い人生のあいだにそんな経験の一度や二度はあるだろ。

さあ、すこし長いエピソードトークを始めよう。

そのまえに、これを読んでるやつは絶対通学路で、制限速度の四十キロオーバーで走らないでくれよ。池袋でそいつをやれば、おれとGボーイズでぼこぼこにするからな。

徐行というのはいつでも停止できる速度のことだ。それだけは忘れずに。

今年の秋はうんざりするほどの台風シーズンで、三連休の週末のたびになぜか東京まで嵐がやってきた。池袋駅まえの狭い空をダンボールが飛んでいくのを、生まれて初めて目撃したくらい。近所のウエストゲートパークでもケヤキやソメイヨシノの枝が何本か折れて垂れさがっていた。

おまけに暑いんだか、涼しいんだかわからない気候が続いたよな。しとしと雨で二十℃の翌日、台風一過で真夏の日ざしの三十二℃なんて調子。いつまでも夏のだるさが抜けなくて困ってしまう。池袋に安倍総理以上の長期政権を築くキング・タカシが顔をだしたのは、そんな夏の名残（なごり）が色濃い十月初めの月曜日だった。

おれが台風のせいで値あがりした青森産のリンゴをしゃがんで店先にならべていると、ロングコートの影が西一番街のタイル張りの歩道に落ちた。プラスチックの皿のうえには、ピラミッド型に四個。お代は七百五十円。

「店番、ご苦労」

暑い日にきくには心地いい白く冷気が立ちのぼるような声。おれは顔をあげた。夏のような入道雲もどきが、東武デパートの先の空に浮かんでいる。タカシは大柄のカラフルなツイードのステンカラーコートを着ていた。今年風のビッグシルエットだ。

「服選び間違えたな」

おれはそういって立ちあがった。十月だから新作のコートをおろしたのだろうが、東京の天気は安定的に異常。めずらしくじんわりと額に汗を浮かべたタカシがいった。

「おしゃれは我慢することだ。マコトには一生わからないだろうがな」

おれはいつものようにTシャツとファットなチノパン。楽ちんで毎日洗えて、汗も染みも気にしないでいい。労働着バンザイ。

「タカシくん、ひさしぶり。また色男だねえ。うちのマコトにも今度着るもの選んでやっておくれよ」

おふくろがおれには見せない満面の笑みで、果物屋の奥からでてきた。あごの先への光速のジャブストレートでどんな大男でも一撃で沈めるのと、近づいてくる女をみな笑顔にすること。そのふたつがタカシの、庶民には手がだせない得意技だ。

「買いものつきあってやりますよ。ただしユニクロとZARAは禁止だぞ」

ピンクと茶色のチェックのコートを着て、笑って横目でおれを見た。いけすかない王さま。

「そんなことよりなんの用だよ。おまえがおふくろに挨拶するために、うちにくるはずないだろ」

　タカシはきりりと表情を引き締めた。おふくろを見ていう。

「ちょっとマコトをお借りしてかまいませんか。頼みたいことがあるんで」

「ああ、いつでもつかってやっておくれ。マコト、しっかりタカシくんのいうことききんだよ」

　おれが店番をさぼったときは鬼のような顔をするくせに、タカシには観音菩薩だった。店先のサンふじを拾って、タカシに投げてやる。

「ウエストゲートパークにいこうぜ。ここには鬼ばばあがいるからな」

　なんてことをいうんだ、クソガキ。おれはおふくろの罵声を背中に涼しくききながら、店のまえの横断歩道をリンゴをもつ池袋の王さまと渡った。

　タカシの白い歯がリンゴをかじる音がシャリッと鳴った。この公園も豊島区が改装工事をするようで、円形の噴水はすでにとり壊されてしまった。なんだか広すぎて間抜けな印象。野外劇場をつくるのだそうだ。

「リンゴってうまいな。こういうところでくうとなおさらだ」

絶えざる品種改良とリンゴ農家の努力のおかげで、リンゴは年々うまくなっている。進歩するのは家電製品だけではない。今年は台風の被害で値が張るが、味は保証つき。

「依頼ってなんだ？」

おれはトラブルに飢えていた。哲学的にいうなら、我もめる故に我あり。街のトラブルの渦中にいるときだけ、おれはほんとうの意味で存在しているのかもしれない。

「まだトラブルになってはいない。ただいつか起こるのは確定している。東京に直下型の地震がくるのと同じでな」

まだ発生していない事件。おもしろそうだが意味がわからない。

「もうちょっとくわしく」

タカシはみずみずしいサンふじを、さらにひと口かじりとった。他国の領土を奪うように。

「西池袋の通学路のあちこちで目撃されているクルマがある。だいたいは朝なんだが、そいつはいつも制限速度プラス三十から四十くらいで、狭い住宅街の道を駆け抜けるんだ。ときにプラス六十なんてこともあるらしい」

このあたりの道路の制限速度はだいたい三十キロ。歩道もガードレールもない狭い通学路で、朝から時速九十キロか。間抜けだ。満員電車でナイフを振り回すのと変わらない。

「被害はまだないんだな」

「あるといえば、ある。猛スピードで突っこんできたクルマを避けようとして、小学生がふたり転んだ。ひとりの男の子が倒れたときに手をついて、手首の骨にひびをいれている。そいつがGボーイズの長男でな」

制限速度を超えた速度で走る自動車を避けようとして、人が倒れる。自動車は気づかずに走り去る。警察に訴えても、事件化はむずかしいだろう。倒れた子どもと速度超過の因果関係は証明しづらいはずだ。

「防犯カメラは？」

「あいにくだが静かな住宅街だ。今のところ有望なものは見つかっていない」

あのあたりにあるカメラはみな空き巣対策で、自分の家にむいている。

「車種はわかってるのか」

タカシは最後のひと口をかんでうなずいた。

「ああ。何度も目撃はされてるんだ。ポルシェ。黒のパナメーラ」

一千万以上はするスポーツタイプの4ドアセダンだった。正面から見ると911と判別がつかないやつ。

「つかまえたら、どうするんだ」

タカシはにこりと笑った。リンゴの芯を近くのゴミ箱に投げる。きれいな放物線を描いて、スリーポイントシュートは決まった。平然としてよろこばないのが、腹が立つ。

「Gボーイズでとり囲んで、命令することになるだろうな。通学路を抜け道につかうな。制限速度は守れ。そうでなきゃ、法以外の裁きを受けることになる。そんな感じかな」

タカシは池袋の街の立法と司法を兼ねている。なんなら矯正施設と処刑も。

「それなら、黒のポルシェは二度と池袋を走らなくなるな」

なんだかカンタンそうな仕事で拍子抜けした。タカシはスマートフォンをだして、いくつかフリックした。アイフォーンの新型は画面がおおきくて、十五万ほどするらしい。携帯電話に十五万とは、おれたちもブルジョワになったものだ。

「おまえのところにマップと目撃情報を送っておいた。今日からとりかかってくれ。いつものように金はいらないのだろうが、謝礼は……そうだな」

タカシはおれの全身を憐（あわ）れむように見た。

「秋のニューモードでどうだ。おれがポケットマネーで選んでやる。マコトはスタイルも悪くないし、そこそこ清潔感もあるんだ。着るものにはちゃんと気をつかえ」

美女との一夜でも、たくさんの街の人間からの尊敬と祝福でもないのだ。テンションが落ちる。服なんていくら高くても、ただの服だよな。おれの表情を読んだキングがいった。

「SNSの時代だぞ。おまえはもうすこしアートとデザインについて学ぶ必要があるな」

服がアートなのか。おれには古典音楽と文学だけで、アートは十分。

　スマートフォンを抜いて、タカシから送られたマップをチェックした。西池袋から池袋、さらに池袋本町にかけて、狭い路地に点々と赤い矢印が立っている。

「ふーん、池袋から板橋のほうへ抜ける裏道をつかってるんだな。矢印が多いのは池袋本町か」

「そうだ、そのあたりの通学路が一番ヤバいことになる。ガキが手首にひびをいれたのも、その近くだ」

　おれは週に二回ほど青果市場に買いだしにいく。年代もののダットサンを運転してな。豊島市場は巣鴨にあるから、よくとおる道だった。だいたいの土地勘もある。通学路を猛スピードで駆ける黒いスポーツカーを追う。今回は地味な仕事だ。Gボーイズが骨の髄まで、ドライバーを脅しておしまい。ニュースにも、警察の記録にも残らない街のちいさなトラブルである。まあ、おれは殺人事件よりそういうほうが積極的に好きだけどな。

「じゃあ、マコト頼んだぞ。目撃情報は朝七時から八時にかけて。夜はばらばらだが十時以降のことが多いらしい」

人海戦術でもかけるか。すべての交差点にGボーイズを立たせ、交通量の調査員のように黒いポルシェを捜させる。

「そっちのメンツをつかってもいいんだよな」

「ああ、かまわない。だが無暗（むやみ）に人数をさくなよ。おまえの動員は人が動く割には、実入りがすくないと、評判がよくない」

「ああ、そうですか」

無茶なトラブルばかり押しつけるくせによくいうものだ。おれはGボーイズのキングにいった。

「いつからどっかの会社みたいになったんだよ。最近はそっちも金の話ばかりだな」

タカシは涼しい顔で肩をすくめた。

「ボーイズだって、みな大人になる。家族ができたやつも多い。きちんと稼がなくちゃ、この街で生き残っていけないだろ。おまえは理想に走りすぎるところがある。金儲けも、効率化も別に悪いことじゃないぞ」

同じステンレスのパイプベンチに座っていても、王さまと店番じゃ見ている世界が違うのだ。王は王の務めを果たし、店番はせっせと果物を売る。それぞれの場所でベストを尽くせば、それでいいのかもしれない。

「はいはい、わかったよ。おれなりのやりかたでやってみる。あまり無駄はしないようにするさ」

王はにこりと笑って、白い歯をのぞかせた。

「おれはおまえの無駄づかいは嫌いじゃない。ただうちの財務部門がうるさくてな」

街によどんだ、うたかたみたいな不良少年の互助団体が、いつのまにか国やEUみたいな官僚組織になっていく。これが時代というものかもしれない。おれは立ちあがってチノパンの尻をはたいた。真夏みたいな秋空の下、じっくりと考えごとをしながら店に帰る。コンプライアンス全盛の世のなかで、大人になることについての哲学的な省察だ。

真夏の三十二℃の翌日は、分厚い曇り空の二十一℃。

雨はおれがかんたんな朝食をすませているあいだに、静かに降りだした。ベビーパウダーのように細かな霧雨が風に舞っている。

「やけに今日は早いじゃないか。市場にいく日じゃないだろ」

寝ぼけまなこのおふくろがNHKのニュースを観ながらいった。

「ちょっと昨日のタカシの仕事で。昼までにはもどる」

おれはスニーカーを突っかけて、店の横についた階段をおりた。傘もささずに、線路わきにある駐車場にむかった。年代もののダットサンは淡いブルーにペイントし直している。新しい塗装についた水滴がきれいだ。時刻は六時四十五分。池袋の駅まえもまだほとんど眠ったまま。やかましいのは都会のカラスだけだった。

おれは制限速度を守りながら、タカシにもらったマップのルートを二回まわった。とくに目につくところはなかった。前半はビルや飲食店が多く、後半は静かな住宅街で、半分以上が通学路に指定されている。

そちらのほうでは、横断歩道や交差点にすくなくはない数の緑のおばさんやおじいさんが立っていた。気がつけば、これほど多くの大人が子どもの通学途中の交通安全を守っているのだ。こいつは日本の社会が誇ってもいいことかもしれない。

さすがに朝早いので、どの道も混雑というほどの自動車は走っていない。ここなら制限速度プラス三十キロで駆けるのも容易だろう。朝の敵情視察が三周目にはいったところで、おれはあることに気がついた。

池袋から池袋本町にはいった静かな住宅街の裏道にある通学路の交差点だ。通常ならひとりだけのはずの緑のおばさんがふたりいた。いや、そいつは正確じゃない。おばさんというには若く三十代なかばで、やけに細いがなかなかきれいな女性。もうひとりもおばさんではなく男性だった。年齢は同じくらいか。どちらもやけに目立つ蛍光色の黄色い雨合羽（あまがっぱ）を着て、横断中と書かれた黄色い旗をもっている。

　ふたりの学童擁護員が立つ場所は、ここ以外になかった。がぜん興味が湧いてくる。百メートルほど先にあるコンビニの駐車場にダットサンをとめた。店にはいり温かな缶コーヒーを三本買って、四つ角が生垣の交差点にもどる。どう見ても、ふたりも擁護員が必要な危険な場所には見えなかった。

「おはようございます」「おはようございます」「おはようございます」

　集団登校をする小学校低学年の子どもたちの声が響く。悪くない朝だ。おれは腕時計を見た。まもなく八時になる。子どもたちの登校ラッシュももうすぐ終わるだろう。

「お疲れさまです」

　しばらく交差点を観察していたおれは、思い切ってやけにきれいな緑のおばさんに声をかけた。

　その瞬間、横断中の旗をもった学童擁護員のふたりは目を見あわせた。それだけで確信する。このふたりは夫婦だ。どこかに深い傷を隠しもったような雰囲気がよく似ていた。自動車の流れと子どもたちから目を離さずに、緑のおねえさんがいった。

「なんでしょうか。今、仕事中なんですが」

おれは缶コーヒーをさしだした。

「朝からご苦労さま。これ、どうぞ。実はこのあたりの通学路で、毎朝乱暴な運転をする黒いスポーツカーを捜しているんです」

黄色い合羽のふたりはまた目を見あわせた。男のほうがいう。

「黒いポルシェのパナメーラですか」

ビンゴ！　こいつはカンタンに解決できるトラブルだといったよな。なにをしても動かない事件もあれば、最初から解決への鍵をプレゼントしてくれる事件もある。

「おはようございます」

スヌーピーの傘をさした男の子がひとり角に立った。

「シュウくん、気をつけてね。今朝は寝坊しちゃったの？」

悪びれずに利発そうな男の子がいった。まったくあせった様子はない。

「うん、ママが寝坊したんだ。大人なのによくないね」

おれはくすりと笑ってしまった。それが気にさわったようだ。男の子がにらみつけてくる。交差点のむこうで、緑の夫が緑の妻にうなずきかけた。

「あと二十分で、朝の仕事が終わります。話をきくのは、そのあとでいいですか」

かまわないといった。おれをにらみつける男の子に、たっぷりと大人の余裕の笑顔を見せてやった。

微糖のホット缶コーヒーをわたすと、男は開けてひと口のみ、女は両手で包むように指先を温めていた。霧雨が降る交差点で立ったまま、おれたちは話した。擁護員は勤務時間が終わっても、老人や学生がとおると横断中の旗をもって、交差点にでていく。えらく仕事熱心だ。

「今朝早くから、このあたりを流して回ったんだけど、どうしてこの交差点だけ緑の……おばさんがふたりもいるんですか」

女のほうがひっそりと笑った。

「おばさんでいいんです。もうアラフォーだから」

男がいった。

「ここには正式な学童擁護員はひとりだけだ。うちの妻がそうで、わたしのほうは無給のボランティアだ」

夫婦で緑のおばさんをやっている。ひとりはただのボランティア。変わってる。本筋にかかわりがないことは放っておこう。さっさと黒のポルシェを片づけるのだ。

「実は先週、猛スピードで通学路を駆けてきたクルマを避けようとして、男の子が倒れました。手をついたときに、右の手首の骨にひびがはいってしまって。親御さんのほうから、なんとかそのクルマを捜してくれないかと、依頼を受けまして」

男が重々しくうなずいた。

「しっている。区立御岳小の三年生の子だな」

霧雨のなかに立っていたせいで、ウインドブレーカーの表がびしょ濡れだった。手足の先が冷えてくる。十月でこれなら、真冬はどうなるのだろうか。緑のおばさんは過酷な仕事だ。

「どうして黒のパナメーラだとわかったんですか」

男は雨合羽のポケットからスマートフォンをとりだした。

「リストがある。ここを走るクルマのなかで、要注意の乱暴運転をする者のリストだ」

驚いておれはいった。

「へえ、緑のおばさんって、そんなことまでやってるんだ。すごいなあ」

女のほうがおれにいう。

「いえ、そんなことをしているのは、わたしたちだけ。無駄だと思うんだけど、やめられないの」

そのときおれはようやく気づいた。斜めむかいの交差点の角の生垣だ。深緑のツバキの葉っぱに立て看板が埋もれていた。七年まえの日付と「この交差点で死亡ひき逃げ事件が発生しました。心あたりのあるかたは池袋警察署までご連絡ください」。あとは署の代表電話番号。

おれの視線に気づいたのだろう。男が燃え尽きた灰のような声でいった。

「あの日、智則は学校でドッジボールの練習をするといって、七時まえに家をでていった。この交差点で白いワンボックスカーにはねられたんだ。その時間には学童擁護員はいなかった。目撃者はなく、防犯カメラも役に立たなかった。うちの子はまだ小学三年生だった」

お悔やみの言葉などかけられなかった。おれは黄色い雨合羽にはさまれて、秋の霧雨のなかに立つだけだ。ふっとため息を吐くように笑って、女がいった。

「トモくんが生きていたら、高校生だと思うと、なんだかびっくりしてしまう。もうそんなに時間がたったんだ。わたしたちの時間はとまったままなのにって」

父親も母親ももう涙など涸れてしまったようだ。おれは十分な間をとってから、父親に声をかけた。

「そのリスト見せてもらえませんか」

「どうする気なんだ」

微妙な問題だった。おれはこの夫婦には正直にいくことにした。

「おれたちは警察じゃないです。この件ではスピード違反と男の子の怪我の関連を証明して、法的な措置をとるのはむずかしいでしょう。男の子の親御さんは、だから法に頼るのをあきらめた」

男が深くうなずくと黄色い雨合羽のフードから水滴が驚くほど大量にこぼれた。

「理解できる。いざというときには警察は頼りにならない」

この七年で骨身にしみた感慨なのだろう。警察にもできることとできないことがある。おれは単純にそういうことだと考えている。警察は得意な分野では、実に立派な仕事をする。だが、すべてが可能な組織など、この世界にはないのだ。

「池袋には街の秩序を守る団体があって、親御さんは事件をそちらにまかせることにした。おれはその団体から依頼を受けて、黒いパナメーラを探しているんだ。見つけたらきついお灸をすえることになると思う。二度と制限速度を超えないように、あるいは通学路を抜け道につかわないように」

男がなにかを猛烈な勢いで考えているのがわかった。表情が変わっていく。夜明けみたいだ。暗闇のなか最初の曙光がさして、空が明るくなっていく。決心がついたようだ。おれにむかって、横断中の旗をもっていないほうの手をさしだした。

「わたしは青山隼吾。こちらは妻の千春だ」

おれは考えてもいない名前をなぜか口にしていた。

「男の子の名はトモノリ。おれは今日からその名前を忘れないよ。真島誠だ」

チハルが黄色い旗で顔をおおって、短い嗚咽を漏らした。おれはジュンゴの手をとった。びしょ濡れだが、温かでおおきな手だ。

「マコトくんはその団体につながりがあるんだな」

ジュンゴが妻のほうを見ていった。

「ああ、ある」

つながりといっても、王さまへのホットラインが一本あるだけだ。財務部門からはにらまれているようだしな。

「じゃあ、こうしよう。わたしたちはリストを提供し、黒いパナメーラの情報をわたす。そのなかにはナンバープレートを読みとれる車影もふくまれている」

ビンゴが続く。そいつがあれば、もう獲物を見つけたも同じだった。

「ああ、ありがとう。怪我をした男の子も、両親もきっとよろこぶよ」

ジュンゴは崖から飛びおりるようにいう。

「その代わり、わたしたち夫婦をその団体に紹介してもらえないか」

あっけにとられて、おれは黙りこんだ。熱烈に父親がいった。

「この七年間、わたしたちはできることをすべてやってきた。こうして毎朝、事件現場に立っている。目撃者捜しのビラを撒いたのは、一万枚じゃきかない。だが、ひき逃げ犯には届かなかった。もしかしたらその団体なら、なにかできるかもしれない」

七年間休むことなく執念で追い続けた夫婦も、巨大な警察機構も手が届かなかった犯人だ。おれはGボーイズの力を買っているが、それでも望みは薄いだろう。

「つなぎをつけることはできるよ。だけど、そんなに期待しないでくれ。やつらも全能ってわけじゃない」

おれたちは近くにある開業まえのカフェの軒先に移動してラインを交換した。さっそく乱暴運転車のリストと黒いパナメーラの写真が送られてくる。拡大するとちゃんとナンバーも読めた。

「このクルマは毎日ここをとおるのかな」

ジュンゴはスマートフォンをしまっていった。

「いや、気分で道を選んでいるようだ。二、三日に一回くらいだ。一度停車したときに注意したが、その男は危険運転をあらためようとはしなかった。したっぱの公務員風情が、生意気なことをいうなといわれたよ。警官でもないおまえに注意される覚えはないと。確かにわたしはただのボランティアなんだがね」

いつか自分が砕け散るほどの壁にぶつかるまで、その手の人間は変わらないものだ。小銭を稼いで、ドイツ製の自動車にのったくらいで、上等な人間になったと勘違いしているのだろう。上品で上等な人間には最初からプライスタグなどないんだけどな。

「年はどれくらい。どんなやつだ」

「四十代後半。黒いTシャツにジーンズ。腹がでていた。銀のアクセサリーをたくさんつけていたな」

お馴染みのスカルのモチーフ。スポーツカーで抜け道をぶっ飛ばす小金をもったオヤジか。失われた青春をとり戻したいのかもしれない。それほどスピードが好きなら、サーキットにでもいけばいいのに。

「わかった。あとはまかせてくれ」

ジュンゴは目を細めていった。

「その団体が黒のパナメーラの運転手に、なんだろうな……厳しく注意するときなんだが、その場にわたしも立ちあわせてくれないか。手だしはしないし、誰にも話さないと約束する」

おれは一瞬考えた。ことによるとGボーイズは暴力的な手段をつかうかもしれない。

「おれにはなんともいえないんだ。ただ青山さんが立ちあいを望んでいるということは、むこうに伝えておくよ。返事は待ってくれ」

「了解した。頼んだぞ、マコトくん」

かぶせるようにチハルがいった。

「わたしたち夫婦のためでなく、亡くなったトモくんのためにお願いします」

もう言葉はいらなかった。おれは生垣に埋もれた立て看板を見た。びしょ濡れの夫婦に一度だけしっかりとうなずいて、雨のなかコンビニの駐車場に帰った。

その足でサンシャイン60のむかいにあるデニーズにいった。

朝九時だが、あたりまえのようにゼロワンは窓際の指定席に座っていた。朝食のパンケーキをくいながら。デニーズのパンケーキってうまいよな。おれはシロップを全部かけて、パンケーキにしみこませてからたべるのが好きだ。バターの香りがするスイート地獄。

しゅうしゅうとガス漏れのような声で、ゼロワンがいった。

「こんな時間にめずらしいな、マコト。タカシの依頼か。黒いパナメーラは見つかったか」

おれがしらないだけで、あのクルマは相当有名だったのかもしれない。おれはゼロワンのスキンヘッドに走る流線型のインプラントを見ながら、スマートフォンを抜いた。また角(つの)が増えているようだ。人体改造はくせになる。

「このナンバーの所有者を洗ってくれ。そいつの個人情報を集められる限りだ。請求はタカシのところでいい」

デニーズのテーブルにはノートパソコンが二台。やつはここに座ったまま、いつもネットのなかにいる。たまに依頼人と話すのが、唯一の人間的な接触だった。まあ、そんなものは求めていないのかもしれないが。

「なにか注文しろ、マコト。仕事はすぐにすむ」

おれはホットのカフェオレを頼んだ。その日三杯目のコーヒーだった。よくカフェインをとる朝。

「黙っていられると落ち着かない。なにか話せ、マコト」

北東京一のハッカーは神経質で横暴だった。悪いやつじゃないんだが、社会性が一ミリもないのだ。天がハッキングの才能を与えてくれてよかった。おれはついさっきまでいっしょにいた緑の夫婦の話をした。

ひき逃げ犯がつかまらないこと。七年間、事件のあった現場に立ち続けていること。ゼロワンはカーソルとキーボードを操作しながら、退屈そうにきいている。だがつきあいの長いおれにはわかるんだ。やつの心のなかでは興味と関心がふくれあがっている。

きっと自分に感情がないから、他人の激しい感情に惹きつけられるのだろう。炎のなかに夜の蛾が飛びこむように。

「よし、できた。ディスプレイで見るか？」

おれのほうに一台のパソコンをむける。一番おおきな写真は、黒いレザージャケットを着た中年男が黒いスポーツカーにもたれているイケメン風の写真だった。

「そいつの名前は稲垣照星。照る星と書いて、ライト」

おれはほっとひと息ついた。よかった、シャイニングスターじゃなかった。この年だとキラキラネームの走りというところか。

「住所は西池袋三丁目。立教大学の裏手にある高層マンションだな。最上階の三十八階。独身で家族はいない。友人は多数。キャバ嬢みたいな派手な女が好みだ」

あきれておれはいった。

「よくそこまでわかったな」

しゅうしゅうとガス漏れみたいな笑い声。

「ライトはフェイスブックもインスタグラムもやっている。誰でもわかるさ」

見せびらかしが趣味のリッチな中年男。東京にはそのたぐいが何万人か存在するはずだった。だぶだぶのパーカーの袖をまくって、ゼロワンがいった。

「おまえのスマートフォンに情報は送っておく。好きなようにしろ。それよりその夫婦の話だが、Gボーイズの案件にならないのか」

どういう意味だろう。おれはカフェオレをすすった。

「どうかな、話のもっていきかたによるだろう。なぜだ」

ゼロワンはめずらしく笑った。頭蓋骨の皮膚が引っ張られて、インプラントの角が一段と鋭くなる。

「興味が湧いた。金にならないなら動かないが、金になるようなら探ってみたい。おれは今ひまなんだ」

キングに確認をとったほうがいいのだろうが、おれは独断で決めた。

「わかった。じゃあ、調べてもらいたいことができたら連絡する。タカシにはおれのほうからいっておくよ」

「いいだろう。だが、なんだな」

停止中の蒸気機関車のように低く高圧の気体を漏らす音。ゼロワンが引き続き笑っている。

「マコトみたいにいつも興味深い人間に出会う運があるやつもいるんだな。おれが会うのはネットのクズばかりだ」

うらやましいということか。今まで解決したトラブルを思いだし、おれはいった。

「こっちだって出会うのはたいがいクズばかりだ」

ゼロワンのガラス球のような目が淋し気に光った。

「クズでもリアルなクズだろう。おれは最近ネットのなかには、ほんものの人間はいないんじゃないかと思うようになった。偽ものと嘘とお手軽な金儲けばかりだ。昔はネットがこんな腐った世界を正しい方向に導いてくれると信じてたんだがな」

北東京一のハッカーの敗北宣言だった。自分が生涯をかけた世界が偽ものだったと発見するのは、どんな気分だろうか。それでもゼロワンは今日も明日も、この東池袋のデニーズのボックス席に座り続けるのだ。

おれはゼロワンを励ますつもりで、軽口をたたいた。

「なあ、すべてが偽もので嘘だった。それがわかってから、ようやくほんとの仕事って始まるもんだよ。リアルな世界じゃさ」

灰色ガラスを一メートルも積みあげたような底しれぬ瞳で、鬼のハッカーが笑った。

「きいたふうな口をきくな。その夫婦の料金はすこしサービスしておいてやると、タカシに伝えておけ」

わかったといって席を立った。すこしはゼロワンを元気にできたようだ。つぎは秋の霧雨のなか、池袋の王に会いにいく。キラキラネームの中年男に厳重注意するための作戦を、タカシと練らなければならない。今回は制限速度超過の短期決戦でいくのだ。

デニーズをでて、むかいにそびえるサンシャイン60に移動した。高層ビルのうえ三分の一は低く垂れこめた雨雲に消えている。スターバックスでカフェオレを買い、外のテラス席に腰をおろす。雨の朝で外には、おれひとり。濡れた赤いレンガ調のタイルを眺めながらタカシに電話した。とりつぎではなく、キングがでた。驚き。

「今日は秘書とか代理人とかいないのか」

タカシの声はすっきりと冷たく目覚めていた。

「ああ、おれは寝るときはひとりだ」

ついいらない質問をしたくなる。王さまってそういう存在だよな。

「あのさ、ことが終わったあとで、どうやって女を帰すんだ」

「意味がわからない。おれもいっしょに帰るからな。この部屋には誰も連れこまない」

そうかいつも外でそういうことはするのか。ホテルとか相手の部屋。考えてみたら、おれはタカシがどこに住んでいるのかもしらなかった。

「お土産(みやげ)にメロンもっていくから、今度そっちの部屋に遊びにいかせてくれ」

目のまえの雨がすべて氷の粒に変わりそうな冷たい声。

「嫌だ。それより仕事の話をしろ。なにかわかったか」

すこし傷ついたけれど、おれは平気な振りをした。王族とつきあうのは心の強さを試される。

「ああ、黒いパナメーラの男の住所と女の好みとか」

王さまからこぼれる冷気がとまどった。

「女の好み？」

「ああ。キャバ嬢みたいなケバいのが好きみたいだ。男の名前は稲垣照星、照る星と書いてライトだ。住所は西池袋三丁目のタワーマンション三十八階。板橋のほうで、パスタ屋を三軒やっているらしい。出勤にあの抜け道を使っているんだろう。電話がすんだら、そっちにやつの情報を送る。あとでタカシのところにゼロワンから請求がいくと思う」

タカシはまんざらでもない声でいった。

「今回は仕事が早いな」

おれは雨の交差点に立つ夫婦の顔を思いだしていた。痛みや悲しみそのものが存在理由になってしまったふたりの人間。人はどんなものによっても結ばれることがある。

「ああ、池袋の街で乱暴運転をしているクルマをリストにしている夫婦がいたんだ。学童擁護員なんだけど」

おれがわざと正式名称を口にするとキングがいった。

「ああ、緑のおばさんか」

「よくわかったな」

「死んだうちの母親が一時やっていた」

まったく感傷的ではない声。おれは青山夫妻の話を手短に続けた。七年まえに息子のトモノリをひき逃げで亡くした。場所は池袋の通学路にある交差点。事件は未解決のままだ。

「気の毒に」

キングがそういって、おれはただ雨を見ていた。この世界にはなんの理由もなくついていない人間がいる。雨は誰にも等しくふるはずだが、運の悪い誰かにはいつもどしゃぶりだ。

「で、おれは取引をした」
タカシがおかしな声をだす。さすがに勘が鋭い。
「どういう意味だ」

「パナメーラのナンバープレートが読みとれる写真をもらう代わりに、Gボーイズに紹介してくれと頼まれたんだ。おれはしかたなく了解した」

「マコト……」

Gボーイズでなくてよかった。タカシがこんなふうにメンバーの名前を呼ぶときは、だいたい懲罰がある。おれはただのキングのダチだからな。

「おまけにGボーイズが黒のパナメーラにお仕置きをするときには、その場に立ちあいたいそうだ。まあ、そっちのほうはおまえにまかせる」

「おれはときどきおまえがトラブルシューターでなく、トラブルメーカーに思えるよ」

ほめられているのだろうか。おれには王のユーモアはよくわからない。

「恐縮至極です」

タカシはふっと氷のため息をついていった。

「おふくろさんのいう通りだな、おまえは昔そんなにひねくれてなかったのに」

おれは臣下の礼をとった。

「もうしわけございません、キング。で、どうすんだ？」

「明日からその擁護員のいる交差点で張る。その夫婦には、おれから話をしよう。朝早いのはあまり得意じゃないんだが」

通話が切れた。おれはジュンゴに電話して、キングの意向を伝えた。やつはおれが夕カシの機嫌を損ねたことなどどこ吹く風で、さしてうれしくもなさそうにいった。

「わかった。すまない」

おれが話をするやつは、どうしてこうもコミュニケーション能力に欠けているのだろうか。

翌朝は秋晴れだった。

タカシは約束どおりやってきて、青山夫妻が緑のおばさんをしている交差点のすこし先に、ボルボのSUVをとめていた。後席にシャンパンのボトルをいれる冷蔵庫がついたリムジン版のやつだ。おれたちは待ち続けたが、その日は黒のパナメーラはやってこなかった。

黄色い帽子をかぶった小学生がたくさんやってきては、挨拶してすぎるだけ。少子化というが意外なほど東京には子どもがいるものだ。池袋が住みたい街の上位にくるようになったせいかもしれない。

学童擁護員の勤務時間が終わると、おれはジュンゴに声をかけた。

「池袋のキングを紹介するよ。きてくれ」

おれたち三人がボルボに近づいていくと、タカシがドアを開き、白い革内装の応接間のような後部座席からおりてきた。白いムートンのロングコートはたぶん三十万〜四十万。

「こちらが青山さんと奥さんの千春さん。で、こいつがGボーイズのキングだ」

タカシの名前は必要ないだろう。王さまは鷹揚（おうよう）な微笑を浮かべたまま握手の手をさしだした。

「よろしく」

ジュンゴはまっすぐにタカシの目を見つめていった。

「黒いパナメーラはどうするつもりなんだ？」

タカシは微笑みを崩さずに返事をした。

「ドライバーと話をする。ききわけがなければ、すこし揺さぶることになる。まあ、それでたぶんだいじょうぶだ」

Gボーイズの揺さぶりは震度6強くらい。普通のやつならまともに立っていられない。

「そうか、わかった。そちらのほうはきみたちにまかせる。で、これを読んでもらいたいんだ。頼みたい事件の詳細がはいっている」

大判の封筒だった。あまり厚くはない。

「マコト、受けとっておいてくれ」

やはりそうくるのか。おれは封筒を受けとった。薄いけれどずしりと重い気がするのは、夫婦の七年間の思いがこもっているせいか。チハルがいった。

「犯人を捜すために力を貸してください。よろしくお願いします」

トモノリの父親がいった。

「金はいくらかかってもかまわない。なんとか息子の仇（かたき）を討たしてくれ。あいつがのうのうと今も自由に生きていると思うと、はらわたが煮えくり返る」

タカシが微妙に熱のある声でいう。

「息子さんは気の毒だったな。やってはみるが、おれたちにもできないことがある。やつがまだこの街にいるとは限らないだろう」

Gボーイズの力がおよぶのは、この池袋周辺だけだ。ひき逃げ犯がどこかへ高飛びしていれば手はだせない。

「白いワンボックスは事故より前に何度も目撃されている。仕事もあるだろうし、家族もいるかもしれない。警察の捜査はすぐ形だけになってしまった。暮らしを変えたようには思えない。わたしの勘だが」

ボルボのまえに黄色い商用車がとまった。ルノーのカングーだ。やたらに欧州車が多い街だと思うかもしれないが、都心を走る半分は輸入車である。つなぎを着た運転手がおりてくると、ジュンゴとチハルに声をかけた。

「ご苦労さまです」

夫婦が急に笑顔になった。つなぎの男はうしろのドアを開き、ダンボールをふたつ重ねもち、マンションのエントランスにむかう。

「ああ、早瀬（はやせ）さん。今日も安全運転で」

男はおれとタカシと話す擁護員に怪訝（けげん）そうな目をむけ、キャップを深くかぶり直した。

「はい、交通安全で」

夫婦がこの通りを走るドライバーにかける定番の言葉のようだった。宅配の運転手はマンションのエントランスに消えていく。ジュンゴがいった。

「あの人には声かけなんて必要ないんだが」

チハルが男の背中を見て続ける。

「ええ、ほんとに。模範ドライバーで勤め先から表彰を受けるくらいだから。いつも制限速度を守ってるし、横断歩道では歩行者優先で必ずとまってくれる」

黒のパナメーラもいれば黄色いカングーもいる。道路はジャングルみたいなものだから、凶悪なドライバーも平和なドライバーもいるのだ。タカシがいった。

「息子さんの件は、ここにいるマコトが調べる。こいつはこう見えてなかなか優秀なやつだが、七年間解決しなかった事件だ。過度な期待はしないでくれ。また明日」

タカシはスモークフィルムを貼ったボルボにのりこんだ。ハイブリッドの小山のようなSUVが音もなく走り去った。

タカシの朝の張りこみは三日続いた。

王もGボーイズもやるときはただ黙々とやるのだ。黒のパナメーラがあらわれたのは、朝七時四十分。ちょうど小学生の通学時間が始まったころだった。おれは青山夫妻といっしょに交差点に立っていた。通りの先から腹に響く排気音がきこえてくる。エキゾーストを改造しているのだろう。ジュンゴがおれを見た。

「やつか？」

うなずき返してくる。おれは数十メートル先にとまるボルボに手を振った。ハザードが一回だけウインクでもするようについた。狭い二車線の道の先から黒いスポーツカーがやってくる。そのうしろにはぴたりとGMCの巨大なワンボックスカーがついていた。Gボーイズの車輛だ。

目視では約七十キロというところ。制限速度の四十キロオーバーだ。目のまえの信号は黄色から赤に変わるというタイミング。黒のパナメーラは猛烈な勢いで駆け抜ける。それに数メートル差でGMCが続いた。

タカシのボルボがポルシェの前方に立ちふさがるように急発進した。パナメーラがブレーキを踏むと耳に刺さるタイヤのスキール音が鳴った。ジュンゴが叫んだ。

「チハル、ここを頼む」

黄色い帽子の小学生が口をあけて、通りの先を眺めている。ジュンゴが走りだすのと、おれとほぼ同時だった。三十メートルほど先で、ポルシェが二台の巨体にサンドイッチのようにはさまれ停車していた。するすると窓がおりて、男が顔をだした。側面を刈りあげたツーブロックの日焼けした中年。すこし太り始めている。黒いTシャツに銀のアクセサリー。典型的なお兄系のファッションだ。

GMCからおりたGボーイズのひとりがなにもいわずにパナメーラのまえに立った。手にはスプレー缶。からからと振っていきなり黒い鏡のように磨かれたボンネットに赤のスプレーを噴射した。30と書いて〇で囲む。この通りに立つ標識だ。

「ふざけんな、てめえ」

声はおおきかったが、恐怖ととまどいが顔に浮かび始めていた。相手が誰だかわからないのだ。ボルボからタカシがゆっくりとおりてきた。運転席のドアの横に立つ。稲垣ライトの表情が変わった。三センチだけすきまを開けて、するするとウインドウが閉まった。

「なんだ、おまえ」

タカシのことはしらないらしい。西池袋に住んでいるのにモグリだ。タカシの声は真冬の北極点に吹く風みたい。

「おりてこい。話がある」

「ふざけんな。なんでおまえのいうことをきかなきゃなんねえんだ」

おれとジュンゴは白線の内側から見ていた。この通りには一段高い歩道もガードレールもない。タカシはふっと吐くように笑って、パナメーラのドアミラーに手をかけた。体重をかけたようにも見えなかったのに、ドアミラーはもげてだらりとワイヤーでぶらさがった。

「なにしやがる」

ライトの声は悲鳴のようだった。タカシは通常進行の冷凍庫の声。

「おりてこい。つぎはサイドウインドウだ」

ライトは小太りで小柄だった。パナメーラからおりるとスマートフォンをかけようとする。警察へ通報しようとしているのだろう。タカシの右手は素早かった。薄いガラス板をとると、アスファルトに落とす。ブーツのかかとで踏み抜いた。みしりとガラスの割れる音がする。ライトがちいさく跳びあがった。

「いいから、話をきけ」

GMCから三人、ボルボからふたり新たにGボーイズがおりてきた。黒いパナメーラを侵入防止の鉄杭のように囲んだ。ライトはあたりを見まわして震えている。タカシの声は低く凍りついていた。

「うちのメンバーの子どもが手首の骨にひびをいれた。小学校三年生だ。この通りを制限速度の倍で走る愚かな黒いパナメーラを避けようとしてな。そいつが誰のことか、稲垣おまえもわかるだろう」

いきなり名前を呼ばれて、ライトが一歩さがった。

「いいか、おまえがどんなクルマにのろうがかまわない。だが、この街の通学路を抜け道代わりにつかうな。制限速度はしっかり守れ。そうしなければ……」

ライトはそれでも虚勢を張った。泣き声だったけどな。

「そうしなきゃ、なんなんだよ」

タカシはにこりと笑った。

「つぎは真夜中、おまえの家にいく。西池袋のタワーマンションの三十八階だったな。そうだな、おまえの両手首を折る。しばらくはパスタをつくれなくなるかもしれないな」

そのときぼこんと音がした。Gボーイズのひとりがボンネットに飛び蹴りをくらわせた音だった。金属板のまんなかが丸くへこんでいる。

「すまないな。あいつがその小学生の父親だ。おまえを病院送りにするといってきかなかったが、おれのほうでなんとか抑えているんだ。どうだ、安全運転をするか。嫌ならあいつとおれたちが見ているまえでやりあわせてやってもいい」

黒いパーカーを着てサングラスをかけたGボーイは、十五センチは稲垣ライトより背が高かった。指にはシルバーのごつごつした指輪が三個。あれでなぐられたら、頬骨が一発でへこむ。ライトがあえぐようにいった。

「わ、わかった。明日からは抜け道はつかわない。制限速度も守る。許してくれ、頼む」

タカシは微笑んだ。

「そうか、了解した。だがおれたちが見ているからな。おまえが約束を破ったら、つぎはわかるな」

タカシがなにもいわなくとも、黒いパーカーが親指でのどを切り裂く真似をした。タカシはライトにいった。

「いっていいぞ。制限速度は守れ」

黒のパナメーラは時速三十キロで、どろどろと死にかけた獣のように排気音を漏らしながら、朝の通学路を走り去った。

　ＧＭＣのワンボックスがいってしまうと、ジュンゴが静かな声でいった。

「見事なものだなあ。感心したよ」

　タカシは眉（まゆ）をすこし動かしただけでなにもいわなかった。

「けれど、もしひき逃げ犯が見つかった場合は、わたし自身に対応をまかせてもらいたい」

　キングはじっと息子を亡くした男の表情を読んでいた。

「好きにすればいい。もし見つかったらな」

　おれはふたりのあいだに割ってはいるように声をかけた。険悪とまではいかないが、なんだかざらついた雰囲気だったのだ。

「資料読ませてもらったよ。よく調べてあったけど、青山さんは仕事なにしてるんだ」

　このあたりの道路の交通量や時間ごとの変化。白いワンボックスの無数の写真。近所の店舗からの証言の数々。警察からの事件当時の情報だけでなく、足で稼いだ資料が集められていた。父親から肩の力が抜けていく。

「犯人を追うために昼の仕事は辞めてしまった。今は夜間に配送センターで働いている」

　夜間の仕事か。きっと正社員ではないのだろう。時給は高いがアルバイトだ。ジュンゴはひき逃げ犯を追うために仕事を捨てた。執念と呼ぶしかない。おれは話を変えた。

「さっきのGボーイはほんとにケガした子の父親だったのか」

　タカシはふっと笑った。

「いいや、違う。そんなやつを連れてきたら、なにをするかわからないからな。さすがに稲垣も両腕を折られたら、そのまま警察に駆けこむだろう。その場合はすこし面倒なことになる」

　それでもぜんぜんかまわない。平気な顔をしてそういった。むこうにも子どもにケガをさせた落ち度はある。圧力をかけて示談にでもするのだろう。こう見えてGボーイズには優秀な弁護士がついている。タカシがいった。

「おれはもういく。あんたの仇が早く見つかるといいな。マコト、土曜の夜に定例会がある。たまには顔をだしたらどうだ」

　二千万近くするボルボのドアが核シェルターのように閉まった。おれはシャンパン用の冷蔵庫がついたクルマに一生のることはないだろう。別に悔しくもない。庶民には庶民の意地がある。

「ああ、気がむいたらな」

　SUVが走っていくと、ジュンゴがいった。

「そのGボーイズの集会にわたしもぜひいってみたい。いいだろうか」

　資料は読んだが、おれはひき逃げ事件にはなにもできそうもないと思っていた。罪滅ぼしのつもりでいう。

「わかった。そっちがいきたいなら、おれが案内するよ」

おれは腕時計に目をやった。通学時間は終わったが、まだ朝九時にもなっていない。タカシに頼まれたほうの事件もひとつ片がついた。家に帰って、もうひと眠りしてもいいだろう。店は昼までに開ければ、それで十分だ。

おれは池袋駅まえの四畳半に帰ると、CDを選んで静かにかけた。睡眠導入剤代わりのクラシックだ。その手では貴族が眠れるようにという依頼で書かれたバッハの「ゴールドベルク変奏曲」が有名だが、おれが選んだのは別な一枚。おれの四畳半の壁一面は本とCDが占めている。クラシックはルネサンスから二十世紀まで年代順にな。

優雅なワルツの題名は「人生を楽しめ」。

ヨハン・シュトラウス二世は父親と同じ作曲家となった。この世界ではめずらしいことに父を凌（しの）ぐ名声を得て、ワルツ王となったのである。バッハの子どもは二十人いるが、誰も父親を越えなかったのに。

おれはちいさな音で華やかなワルツをききながら考えていた。ジュンゴの息子が生きていたら、あの父親を越えたのだろうか。この質問のこたえは永遠にわからなくなっている。九歳で亡くなった命を思うと、おれはすこしセンチメンタルな気分になった。

土曜の夕方、おれはジュンゴと東口の交番まえで待ちあわせをした。もうしわけないが、その日にひき逃げ事件から手を引くというつもりだった。おれなりに資料は読みこんだが、どうにも動かせそうになかったからだ。

日が沈んでから三十分、池袋の西の空には赤鉛筆で引いた一本の線のように夕焼けが残っているだけだった。ジージャンのしたにコーデュロイのパンツをはいたジュンゴが駅のほうからやってくる。目深(まぶか)にキャップをかぶっていた。険しさと悲しみをオーラのように周囲に放っている。

「待ったか、マコト」

この男でもすこしは気を抜いたりすることはあるのだろうか。

「いや、ぜんぜん。おれんちこの近くだから、ぎりぎりまで店番してた。いこう」

ジュンゴとおれはサンシャイン60にむかって歩きだした。土曜の夜のにぎやかな人波がずっと続いていた。60通りは夏祭りのようなにぎわいだ。そのなかをジュンゴは影のように歩いていく。

「Gボーイズは池袋のワルガキのチームの集合体だ。メンバーは何百人といるし、いろいろとビジネスもやっている。トップはあんたもよくしってるキングだ」

ジュンゴは小学生の男の子を見ていた。なにも感じていない目つきに見える。まあ、この男の心のなかになにがあるかなんて、まったくわからないけどな。普通のやつならだいたい想像はつくが、あまりに傷ついた人間の心は読めなくなるものだ。おれは沈黙を埋めるために、のんびりと話し続けた。

「まあこの国と同じで、Gボーイズも高齢化はすすんでるけどな。最近はこの街もお行儀のいいよい子が増えて、新しいメンバーはなかなか集まらないらしい」

60通りをそれてしばらくいくと、東池袋中央公園が見えてきた。四列にならんだ植栽。奥には噴水と広場がある。そこがいつものGボーイズの集会場だ。

警備をしているボーイズに声をかけた。

「ちょっと寄らせてもらうぞ」

三人いるなかから、XLサイズの白いトレーナーを着たガキが返事をよこした。

「あっ、マコトさん、めずらしいっすね。そちらのかたは？」

「おれとタカシが今、依頼を受けてる相手だ。このまえのパナメーラの件では、この人の力を借りてる」

「わかりました。じゃあ、このシールを貼っていってください。マコトさんはいいです」

にやりと舌をだして笑っているネコのシールだった。ゲストの証か。ジュンゴはジージャンの胸に貼った。もとからついてるワッペンみたいだ。

おれたちは公園の奥深く進入していった。

こちらのほうも60通りに負けない人出だ。ガキも多いが、けっこうな年の大人もいた。三十代で子ども連れなんかもちらほら。みんな顔見しりなので、挨拶をしながらすすんでいく。ようやく噴水まえの広場にやってきた。

前方にいたタカシがおれに気づくと、一度うなずいてからジュンゴに目をやった。腰ほどの高さがある噴水の縁に軽々と跳びのった。重力がないみたいだ。細身のシルバーのスーツ。金属繊維でも織りこんでいるのか、光沢がすごい。控えのGボーイが叫んだ。

「みんな、注目。定例集会を始める。キング、お願いします」

噴水を半円形にとり囲む三百人ほどのガキが、無言でタカシに視線を集中させた。おれはいつも思うのだけど、タカシはこの視線の強烈な圧力になにも感じないのだろうか。王は圧力も重力も感じさせない氷の声で淡々といった。

「報告がひとつある。ここにいるメンバーの子にケガをさせた黒いクルマのもち主にはけじめをつけておいた。もうやつが通学路でレースをすることはないだろう」

最前列のGボーイ、というよりもう三十代なかばのGオジサンがハンドサインをつくって叫んだ。

「あざーす、キング」

「その男の情報はわたすから、慰謝料でも請求するといい、ハジメ。うちの顧問弁護士をつけてやる」

「ありがとうございます」

男のまわりで拍手が起こった。それがだんだんと広がっていく。悪ガキの互助会とはよくいったものだ。池袋署でもGボーイズの評判は散々だが、それでもおれはこの集まりには存在意義があると考える。誰も助けてくれない底辺の人間は、集まって自分たちの身を守る必要があるからな。

そのときおれはハジメと呼ばれたメンバーのとなりに立つ男に気がついた。あのルノー・カングーの運転手だった。表彰された模範的なドライバーだ。名前は確か、早瀬。

あいつもGボーイだったのか。

おれを見ていたときはなんでもなかった早瀬の目が、おれの右に移るとあわてたように揺れた。想像もしていなかった怪物でも目撃したような目だ。おれのとなりには胸にネコのシールを貼ったジュンゴが立っている。こいつはいったいどういうことだろうか。

ジュンゴがおれの視線に気づいて、早瀬のほうをむいた。その瞬間、やつの顔はさっと善良そうな笑みに更新された。最新型のスマートフォンみたいに反応がいい。早瀬は軽く会釈してよこした。ジュンゴも会釈を返す。

おかしな胸騒ぎがした。おれにとって不気味だったのは、早瀬の笑顔だ。なにせ鉄壁の守りでなにひとつ情報を漏らさない。そんな笑いだったからである。

それから、おれはタカシの声が耳にはいらなくなった。

各チームからの報告がすむと、いくつかの議題が拍手によって可決され、最後の締めにタカシが短い挨拶をした。早瀬の姿は会の途中から見えなくなった。キングがおれとジュンゴのところにやってきた。

「久しぶりの集会はどうだった？　このあとでのみにいくが、マコトもくるか」

ジュンゴのほうをむいていった。

「あんたも気がむいたら、くるといい」

おれは片手をあげていった。

「土曜の夜は書きいれどきだ。店番にもどるよ。あんたも帰るだろ、青山さん」

ジュンゴはうなずいた。この堅物がレゲエバーのなかで、ひとりで二時間ガマンできるとは思えなかった。まあGガールズの腰のグラインドは確かに見ものだけどな。おれはタカシに声をかけた。

「ちょっときてくれ」

ジュンゴから離れて噴水のまえにいった。十月の噴水の水は冷たく堅そうだ。

「さっきのハジメとかいうやつのとなりにいた男だけど、どんなやつだ。名前は確か早瀬とかいうんだ」

タカシは一瞬考える顔をした。

「メンバーは何百人といる。出入りもはげしいし、すべてはわからない。早瀬というのが本名なら、誰かに調べさせる。今夜中にはおまえに連絡をいれる」

「わかった。すまないな」

「あの男のひき逃げ犯はどうだ?」

「そっちはぜんぜんだ」

おかしな胸騒ぎがとまらなかった。あの表情の急変が気にかかる。もし早瀬がひき逃げ犯だとしたら、タカシはGボーイをすんなりとジュンゴに引きわたせるのだろうか。早瀬が模範ドライバーそのものであってくれたらいいのだが。

帰りもぶらぶらとジュンゴと歩いた。夏祭りのような60通りをもうもどる気にはなれなかった。裏道を縫って、池袋駅にむかう。ジュンゴが感心したようにいった。

「すごい結束力なんだな、Gボーイズというのは」

タカシの位はキング。この街の絶対君主だ。結束力は当然だった。おれは浮かない顔でいった。

「ああ、そうだな。それよりさっきルノーの運転手がきていたな。あの模範ドライバーだとかいうやつ」

ジュンゴがめずらしくやわらかな表情になった。

「早瀬さんか。あの人はわたしがしる限りもっとも交通安全に配慮した運転をしている。見事なものだよ。歩行者にも声をかけるし、必ずとまってくれる」

「どういう仕事してるのかな」

「さあ、詳しくはしらないが、宅配の個人営業なんじゃないかな。自分のクルマをもちこんで、あとは一個いくらの出来高制だろう」

「何年くらいまえから、あのあたりで仕事をしてるんだろう」

ジュンゴは不思議そうな顔をした。

「わからないが、わたしたちが交差点に立つようになったときには、もう宅配をしていたと思う。気になるならチハルにきいてみるが」

「いや、そこまではいいよ。ただおかしな場所で会ったから、なにか縁でもあるのかと思ってさ」

駅まえではあちこちに集団ができていた。これからのみ会にでもいくのだろう。ジュンゴが立ちどまっていった。

「今日はつきあってもらってすまなかった。ちゃんと請求してくれ」

おれは首を横に振った。

「いいや、おれはいつも金はもらわないんだ。あんたも気にすることはないよ」

驚いた顔をする。

「なんでも金の世のなかで、マコトは変わってるな。いい意味でだけど」

おれはなんでも金の世界だとは思わない。タカシだって日本中の誰かだって、この話をきいてるあんただって、心の底では金がすべてだなんて信じていないはずだ。たまに口にすることはあっても、本心じゃない。

「そうかな。まあ、おれは今のままで十分いい感じだから。それよりネコのシールはがしたほうがいいぞ。目立ってしょうがない」

ジュンゴはシールをむしりとると、手を振って帰っていった。おれはいつもの土曜の夜のように店番にもどった。その夜はなぜかどの果物もよく売れた。おれは優雅なワルツをききながら、嫌な予感がしてたまらなかった。

店を閉め、布団で転がっていた真夜中すこしまえ、おれのスマートフォンが鳴った。タカシからだ。

「おまえに頼まれていた情報だ。あのメンバーは早瀬勝利（かつとし）、職業は宅配サービスのドライバーだ。おれたちが卒業した工業高校の四年先輩だそうだ。やつのまわりにとくにトラブルはない」

おれは気がすすまないまま質問した。

「その情報、誰から手にいれた？」

タカシの声は深夜でも冷たいままだ。背景にレゲエのリズム。いつものラスタ・ラブ

ＶＩＰルームだろう。

「目のまえにいる、やつの幼馴染みから」

「悪いけど、明日の昼にでもその男をうちの店によこしてくれないか。直接話をきいておきたいんだ」

しばらく返事がなかった。冷凍庫から白く冷気が漏れだすようにキングがそっといった。

「そいつはひき逃げ事件がらみか」

おれは心を決めて返事をした。

「まだわからない。だけど、その事件に関係があるかもしれない」

「わかった、十一時に店にやる。うちのメンバーの問題だからな、なにかあったら必ず報告しろ、いいな、マコト」

わかったといって、通話を切った。おれは憂鬱なワルツをききながら、その夜なんとか眠りについた。

夏の終わりのような陽気の日曜だった。半袖でもいいくらい。十一時にやってきたの

は、チェックの分厚いランバーシャツを着た男だった。年はおれよりすこしうえくらい。

「あんたがマコトか、キングにいわれてきた」

そのままぼーっと店先に立っている。人は悪くなさそうだが、回転は鈍そう。

「急に呼びだしてすまない。ちょっとでてくる、店番よろしく」

後半は店の奥にいたおふくろにむかって叫んだ。

「タカシくんの仕事なんだろ。いいけど、早めに帰っておくれよ。夜の部にお目当ての落語家がでるんだよ」

池袋演芸場の話だった。多彩なおふくろの趣味のひとつだ。おれは年うえの男にいった。

「きてくれ。お茶でもしながら、早瀬の話をききたい」

おれは気のりしないまま近くのコーヒーチェーンにむかった。

Gボーイの名前は、イサム。苗字はきかなかった。
おれたちは外の見えるカウンターにならんで座った。

この十年くらいではなにも変化はないように見えるが、確かに二十年ではずいぶん変わったような気がする。イサムが続けた。

「おれとカットシはもう二十年以上の友達だ。池袋で生まれて、池袋で育った。この街でも貧乏なほうの半分でな」

おれと同じだった。

「イサムさんも地元の工業高校なのか」

やつはにやりと笑った。前歯が一本欠けていて、なかなか愛嬌（あいきょう）がある。

「きいてる。キングもマコトも同じ高校の卒業生なんだってな。おれとカツもおんなじだ」

「そうなんだ」

ますます気がすすまなくなる。尋問官もこんな気分で仕事をすることがあるのだろうか。

「早瀬さんは高校をでてから、どうしていた？」

「あいつは運転が好きで、うまくてな。ずっとクルマを転がす仕事をしている。会社員はきゅうくつだから、自分のクルマをもちこんでな。最初のころはデリヘルのドライバーをしていたが、結婚してからは宅配ひと筋だな」

「そうか、結婚して宅配か」

「ああ、七年か八年まえになる。結婚式にはおれも出席したよ」

ふふと笑って、イサムがいった。

「デキ婚だったけどな。妊婦用のウエディングドレスもちゃんとあるんだな。驚いた」

「子どもは？」

「七歳かそこらの男の子がひとり。結婚はうまくいってるらしい」

おれはそれとなく質問した。

「早瀬さんはクルマ好きなんだな。歴代の愛車しってるかな」

イサムは指を折って数え始めた。

「今のってるカングーが二代目だろ。そのまえがたしかアルファードだったかな」

おれの背中に震えが走った。なにかほんとうに必要な情報、事件を解きほぐす鍵となるネタがすぐそこにある。

「七年まえ、結婚したころはそのアルファードだったのかな。色はなに？」

おれは息を殺して返事を待った。黒でも、赤でも、グレイでもいい。白でさえなければ。イサムはなにごともなくいった。

「白だ。事故で廃車にした。なんでも静岡のどこかで事故って、そのまま現地の業者においてきたといってた」

ひき逃げ事件を起こしたその足で、遠くまで逃げたのか。その先でわざと、事故を起こし廃車にしてしまう。地方の解体業者にでも売ってしまえば証拠のクルマは残らない。

「宅配の仕事はずっとこのあたりなのかな」

「ああ、池袋を離れたことはないんだ。あんたとキング、それにおれも同じだが、もうこの街以外じゃ生きられない身体になってんのさ」

おれは警察の立て看板の日付を思いだしていた。

「廃車にしたのは十一月だったんじゃないかな。十一月の初め」

「ああ、よくわかるな。カツから電話をもらったのは夜だった。静岡にいる、事故っちまった。もう廃車だといっていた」

「声は震えていたか」

「ああ、誰でもでかい事故を起こせばそうなるだろ。あれは文化の日のつぎの日か、そのつぎの日だったな。で、翌週にカツとおれで環八沿いの中古車屋でカングーを見つけたんだ」

トモノリのひき逃げ事件は文化の日の翌日。十一月四日だ。白いワンボックスカーで、池袋で宅配の仕事をしていて、事故の翌日に遠く離れた静岡で廃車にしている。裁判所ならすべて状況証拠というだろうが、おれたちの世界では違う。

どぶの底に沈んだヘドロのようにどろどろの黒だった。

　コーヒーショップを出ると、おれはスマホでゼロワンに電話した。やつはキングと違いすぐにでる。ガス漏れのような声。

「なんだ、別の仕事か、マコト」

「いや、まだ同じひき逃げ犯を追ってる」

　おれは早瀬の名前をあげていった。

「そいつの事故歴、自動車保険なんかを調べてもらいたい。とくに七年まえに事故車を廃車にしているか、どうかをな」

　イサムの言葉に嘘はなさそうだが、裏をとっておいて損はない。

「じゃあ、明日にでも電話するから、よろしく」

「ちょっと待て。つないでおけ」

「この電話をか」

「ああ、事故関係はおれの十八番だ。どの保険会社にもバックドアは仕こんである」

　おれが曇り空の西一番街を見ながら待ったのは二十秒くらい。間の抜けたカップルが二組。

「あった。早瀬勝利。七年前の十一月五日、静岡県三島市でアルファードを廃車にしている。もちこまれたのは地元の三栄金属工業というスクラップ屋だ」

「そうか、わかった」

スマートフォンをポケットに落としたおれの気分が沈んでいった。犯人でないといいなというやつに決まって黒なのは、なぜだろうか。

ゼロワンのつぎに、おれはタカシに電話をいれた。Gボーイズのメンバー、早瀬勝利がひき逃げ犯である可能性が高いこと。ジュンゴへの対応をどうするべきか、迷っていること。おれが一気に話すと、タカシはいつもの氷の声でいった。

「おれにはあの父親に借りがある。早瀬がほんとうに犯人なら、やつの獲物だ。引き渡すしかない」

ひと言返事をするのがやっとだった。

「そうか」

キングが冷酷にいいわたす。

「だが、そのまえにマコトが早瀬に会って確かめてこい。おれのほうから電話をいれておく。今日の午後にでも話をつけてくれ」

家族団欒（だんらん）の日曜にひき逃げ犯かどうか、父親にききにいくのだ。最悪の仕事。

おれは足を引きずり店に帰った。この事件が終わったら、ヨハン・シュトラウスはもう十年はききたくなかった。

早瀬勝利の家族が住むのは、池袋本町三丁目に建つ二階建てのハイツだった。新築だが外階段がついた安手の造りだ。氷川神社のすぐ近く。おれがインターフォンを鳴らしたのは、夜八時すぎだった。なかなか返事はなかった。

玄関の扉が開いて、なかからテレビの音がきこえた。「世界の果てまでイッテQ！」イモトがまた世界の高峰でも制覇しているのだろう。早瀬が身体で奥を隠すように立っている。

「あんたが、マコトさんか」

おれはやつの目を見たままいった。

「ああ、キングから連絡ははいってるよな。ちょっと話をきかせてくれ」

ばたばたと短い廊下を走ってくる音がした。早瀬の腰に幼い男の子が抱きついている。かわいい子どもだった。

「お父さん、どっかいくの。遊びにいくなら、連れてって」

早瀬は子どもの頭をぐしゃぐしゃとなでた。

「明日は学校だろ。早く寝なくちゃダメだぞ。お父さんの話はすぐにすむからな」

じっと父親が息子を見おろしていた。やさしい視線。早瀬の横顔を見ているだけで、こちらもダメになりそうだった。

おれたちは氷川神社の境内にむかった。都心でも紅葉が始まっている。イチョウは黄色で、カエデは朱色。ベンチに座り、雲で星が見えない夜空を見あげる。早瀬がいった。
「キングにききました。マコトさんはかなりの証拠を固めている。早く楽になったほうがいいと」
気がすすまないままおれはいった。
「青山智則のひき逃げ事故が起きた十一月四日の翌日、あんたが静岡で自損事故を起こして宅配の仕事でつかっていた白いアルファードを廃車にしたことはわかってる。まだ警察には届けていないが、この情報があれば警察もすぐに動くだろう。もちろん昔の話だから、すぐに証拠はでないかもしれない。でも警察は今度はあんたの周辺を徹底的に洗うことになる。ようやくつかんだ有力情報だから。いつまであんたが耐えられるかな」

　早瀬はうつむいたまま長いながいため息をついた。

「もう年貢の納めどきってわけか。まあ、いいか、うちの子どもの一番かわいい時期を近くで見られたからなあ。マコトさん、しってるか。五歳までの子どもって、ほんとにかわいいもんだぞ」

　おれは首を横に振った。

「覚えておくよ」

　早瀬は燃え尽きた灰のような目をしている。おれは質問した。

「ジュンゴとチハル。あの夫婦を毎日見ていて、苦しくなかったか」

　早瀬は胸が裂けるように叫んだ。

「それは苦しかったさ。あの夫婦はおれみたいな人間のことを、ドライバーの鑑だって毎回ほめてくれるんだ。この七年間おれが絶対に交通法規を破らなかったのは、あのふたりと……」

　頭を抱え、吠えるように早瀬が泣きだした。

「……あのふたりの子どものためだ。笑顔のあのふたりを見るたびに、何度白状しようと思ったかわからない。だけど、おれにはおれの家族がいる」

　どんな事件の犯人にも家族はいる。それはおれのような仕事をしている人間にとって、ひどくこたえる事実だった。夜の境内の空気は冷たい。

「あの事故があった日は、友人の送別会で明けがた近くまで北口の居酒屋でのんでいた。仮眠をとったのは三時間。たまにそんなことがあったから、今回もだいじょうぶ。おれは自分の身体が酒くさいのは気づいていたが、いつものように仕事をすれば、昼にはしゃんとするだろうと思っていた」

おれは黙ってきいていた。若いときは誰でも無敵になるもんだよな。

「だが、仕事をするヒマもなかった。朝イチであの男の子をひいちまった。デキ婚をしたばかりで、女房の腹には赤ん坊がいる。おれは最低だ。救急も呼ばずに逃げちまった。おれからクルマをとったら、なにも残らない」

ひき逃げ、酒気帯び運転、過失運転致死、どれが一番重い罪なのだろうか。おれはその場にいたたまれなくなりいった。

「早く片をつけたほうがいい。迷うほどしんどくなる。明日は仕事を休んで、朝七時にあの交差点にきてくれ。ジュンゴとチハル、おれとキングも待っている。あんたはあの夫婦にすべてを話すんだ」

おれは氷川神社のベンチから立ちあがった。それから十月のあたたかな夜、一時間ほど遠回りをして家に帰った。「人生を楽しめ」なぜか陽気なワルツが頭のなかで何度も繰り返されていた。

月曜の朝は、またもベビーパウダーのように細かな雨。おれは雨合羽を着て、すべてが始まった交差点にむかった。七時まえには全員が顔をそろえていた。青山夫妻はおれとタカシを見て怪訝そうな顔をしていた。ジュンゴはおれにいう。

「これはどういうことなんだろう。なにかあったのか、マコト」

「事件にケリがつきそうなんだ」

通りの先、舞うような小雨のなか黄色いカングーが見えてきた。制限速度をきっちりと守りのろのろとやってくる。チハルがいった。

「早瀬さん？」

黄色い商用車は通学路の交差点をすぎて、しばらくして停車した。Gボーイズのボルボの後方だ。つなぎ姿の早瀬がおりてきた。交差点の角でジュンゴとチハルのまえに立つ。ちらりとおれとタカシを見た。

「もうしわけありませんでした」

早瀬はそのまま雨のなか正座した。

「七年まえの十一月四日、ひき逃げ事件を起こし、智則くんをあんな目に遭（あ）わせたのは自分です。もうしわけありませんでした」

両手を濡れたアスファルトにつけて、うなだれている。ジュンゴはつぶやくようにいう。

「これはいったい……マコト、どういうことなんだ。どうして早瀬さんが」

おれはどちらにも偏らないように冷静な声をだしたつもりだ。

「事故のあった翌日五日、早瀬さんは白いアルファードで静岡にいき、そこで自損事故を起こし、現地の業者に頼んで廃車にさせている。そのころチハルさんもまだ擁護員はしていなかったよな」

おれの言葉で、ジュンゴにもようやく事件の形がのみこめてきたようだ。目に見えて黄色い合羽を着た身体が震えだした。全身から水滴が落ちる。合羽のなかに手をいれて、なにかをとりだした。

「わたしはこの日を夢に見ていた。トモノリを殺した犯人を見つけたら、必ずこの手で制裁を加える。そう心に決めていたんだ」

ぱちりと金属の音がして、ナイフの刃先が父親の手から伸びていた。

「チハル、見ないでくれ。タカシくん、マコト、もういってもらってかまわない。みんなには世話になった」

微笑みながら泣いている。フードが脱げて、髪も顔もびしょ濡れだった。

「あんたがトモノリを殺したのか。なぜ、すぐに自首しなかった？　心配しなくていいぞ。わたしはあんたを刺したら、すぐに自首するからな」

雨のなか正座する早瀬にジュンゴはゆっくりと近づいていった。ひき逃げ犯はうなだれたままだ。このままジュンゴに早瀬を殺させるわけにはいかない。おれが一歩踏みだそうとしたときだった。交差点のむこうに停車したＧＭＣから男の子の声が響いた。

「お父さん！」

早瀬の小学生の息子だった。さすがのジュンゴもナイフを背中に隠した。ワンボックスカーからはじけるようにでてきた男の子は、父親の元にまっすぐに駆けた。そのあとには母親も続いている。おれはいった。

「頼む。あの子のまえで父親を刺すなんてまねはやめてくれ」

チハルが叫んだ。

「あなた、もういいの。もう全部いいのよ」

泣きながらチハルが夫に抱きついた。駆けてきた男の子は泣いている父親に飛びついた。タカシの声がおれたちの頭上に流れた。

「確かにひき逃げ犯は、あんたに引き渡したぞ。だが、そいつもうちのメンバーのひとりだ。このあと警察に連れていき、きちんと自首させるから、ここはその手を引いてくれないか」

ジュンゴは雨の空を見あげた。そのまま時間がとまる。おれには空にあるすべての雨粒さえ静止したように見えた。ジュンゴが吠えるように叫んだ。

「トモノリ、父さんはなにもできなかった……許してくれ……絶対に仇をとると約束したのに……すまない、トモノリ」

早瀬のとなりに早瀬の妻が正座した。そのあいだに男の子がわけもわからずに泣きながら立っている。おれはタカシにいった。

「奥さんと子どもを呼んだのはおまえか」

タカシは遠い目をしていった。

「ああ、ずいぶんと思いつめていたようだからな。なにか起きたときの保険だ」

おれはひと言いうのがやっとだった。

「保険か……ありがとな、タカシ」

おれたちは雨のなか解散した。緑のおばさんである青山夫妻だけがその場に残った。ジュンゴは人を刺し殺そうとした手で、その朝横断歩道の旗を振ったのだ。どうせ振りまわすなら、ナイフより黄色い旗のほうがずっといいよな。

その足で、タカシは早瀬勝利を池袋署に連れていった。署ではGボーイズの弁護士が待っていたという。警官はいきなりの自首にさぞ驚いただろうが、おれはその現場は見ていない。家に帰って、店を開ける準備を始めていたからな。

七年間逃げていたひき逃げ犯の突然の自首で、世間ではかなりの騒動になったけれど、それも週刊誌二、三誌でとりあげられて終結した。早瀬は初犯で、委託元からも模範ドライバーということで減刑の嘆願があった。

一段と冷えこんだ朝、おれはタカシといっしょにボルボで、あの交差点にいった。ポットをもって、青山夫妻のところにいく。おれは紙コップを配り、全員に熱いコーヒーをいれてやった。チハルが深々と頭をさげた。

「このたびはほんとうにありがとうございました。うちの人が殺人犯にならなくてよかった」

ジュンゴは両手で紙コップをつかんで、黒い円をのぞきこんでいる。

「ほんとうにそれでよかったのか、わたしは今も迷ってるんだがね」

タカシは無言で肩をすこしすくめるだけだった。おれは間もなく本格的に冬を迎えるよく晴れた交差点の空を見た。

「トモノリもここで、別な誰かがまた死ぬことなんて、きっと望んでなかったはずだ。よくこらえてくれた。早瀬の家族のためにもさ」

ジュンゴが手をさしだしてきた。タカシと握手して、つぎにおれと握手する。がっしりと結ばれた手と手。やつはいう。

「いつか妻とまた集会に遊びにいかせてもらうよ。今回は世話になった」

深く頭をさげる。父親のいい表情だった。別れの挨拶を交わして、タカシとおれは待っているクルマにむかった。風は肌寒いが、コーヒーのせいだか、あの夫婦のせいだか、おれの胸はあたたかだった。タカシに声をかける。

「なあ、五歳までの子どもって、ほんとうにかわいいんだってさ」

タカシは軽蔑したように横目でおれを見た。

「なら五歳からうえはさしてかわいくないんだな。マコトが結婚願望か。頭がいかれたのか」

キングが小山のようなボルボにのりこんだ。おれも続いた。真っ白な革の座席にスプレーで交通標識でも描いてやろうか。SUVは音もなく発車する。タカシの横顔を見ると、口元が静かに微笑んでいた。その笑顔で決めたんだ。今回は王の憎まれ口を許してやろう。あの雨の交差点で同じ朝をすごし、庶民といっしょに濡れてくれたんだからな。

それにたぶんタカシも庶民と同じように涙ぐんでいたはずだ。キングにそう指摘しても絶対に認めたりはしないだろうけどね。

要町ホームベース

今や世界中に壁があるよな。

ベルリンの壁が壊れたと思ったら、世界のあちこちに目に見えない壁ができちまった。壁はメキシコ国境だけでなく、この日本にだって無数にある。豊かさと貧しさの壁、知恵と愚かさの壁、愛と憎しみの壁。世界はばらばらに引き裂かれ、人の数だけ壁ができている。それがおれたちの世界だよな。東西冷戦の壁さえ破壊されれば、すべてバラ色。ほんのひと昔まえまでおれたちはそんな単純な夢を見ていた。夢はかなうとすべて幻滅になるといういい見本だ。

世界に壁は無数にあるけれど、なかでも実は一番やっかいなのは、自分の部屋の壁だとおれは思う。ある種の人間にとって、ポスターを貼った目のまえの壁は独房の鋼鉄の檻(おり)で、永遠に自分と対峙(たいじ)する灰色の鏡なのだ。

今回おれが話すのは池袋からメトロでひと駅の要町に住むガキの物語。やつは十年以上も子ども部屋を独房にして暮らしてきた。引きこもりの第一世代は優に還暦をすぎているというから、そっちの世界ではまだニュージェネレーションだ。八十代で年金生活の親が五十代の引きこもりの世話をしているなんて地獄のような家もあるから、二十代のやつにはまだ夢がある。

部屋から外にでるべきか、こもり続けるべきか。

『ハムレット』の難問は現代風に翻訳すると、こんなふうになる。分断と格差、嫉妬と憎しみ、他者への冷酷さと無関心。刃のような悪意が北風に吹かれている外の世界に、快適な部屋の扉を開けて、それでもでていくべきか。

要町のガキが選んだこたえは、この話の最後に見つかるだろう。おれとしてはなにを選んだにしても、やつが自分の人生で初めて選んだ解答だから、支持してやるつもりだ。まあ、世界なんて毎日外にでて拝まなければならないほど、立派なもんじゃぜんぜんないけどな。おれもたまに自分の四畳半を要塞にして、全面的に引きこもりたくなる。それができないのは、きっと部屋のなかでひとり心静かにすごせないほど、この世界の悪や愚かさに染まっているからなのだろう。外界を断って十年も引きこもるには、鋼の意志と決断力が必要なのだ。

意志の弱いおれは、こうして毎日池袋の街をぶらぶらとよどみに浮かぶうたかたのように歩き続けるというわけ。まあ、こういうマンネリの生活もぜんぜん悪くないけれど。

あたたかな年末から、あたたかな正月がやってきた。

東京の正月は丸々晴れの特異日のようなもので、毎日素晴らしい晴天が今年も続いたのだ。山脈をひとつはさんだだけで、日本海側は連日の大雪なんてニュースを見ると、日本も広いもんだよな。

一月なかばの水曜日、おれはいつものようにうちの店で、ミカンをビニール袋に詰めていた。最近は愛媛とか静岡とかの代わりに、農家の名前がついた高級ブランド品が人気だ。山田さんのミカンとか、吉川さんのミカンなんて調子。おれはビニール袋にシールを一枚一枚貼っていった。会ったこともないミカン農家のおやじの顔写真いり。

なぜ果物屋の店番は、匿名なのだろうか。それはコンビニやドラッグストアや牛丼屋のアルバイトも同じだ。ある種の仕事をする人間には名前が与えられず、永遠に低賃金の時間給を強いられる。それじゃあ強権的な政治家が世界中で支持されるわけだよな。

ひととおり店開きを終えると、ホウキをもって店先を掃いた。西一番街のタイルの歩道の目地に溜まったほこりまできれいにする。こいつは意外なくらい精神衛生にいい行動だ。池袋西口の駅まえでも、高野山でも気持ちよさは変わらない。

「マコト、ダンボール片づけておいてくれよ。夕方に回収にくるから」

わかったと返事をして、おれは空き箱を潰し始めた。果物のダンボール箱は毎日何十個となくでる。月に二度うちには回収のために、近くの施設の人間がとりにくるのだ。はっきりいって廃品回収業者よりも買取単価は安いのだが、おふくろもおれも気にしない。

おれが栃木県のロゴがはいったイチゴの複雑な箱（数Ⅱの図形問題みたい）を開いていると、スマートフォンがかすかに震えた。立ちあがり腰を伸ばして、画面を見る。まるでしらない相手からのメールだった。

またどうでもいい宣伝か、あるいは悪意の塊（かたまり）の詐欺メールだろうか。あなたのスマートフォンがウイルス感染の危機にさらされていますとか、なんとか。

そのまま消去しようとしたところで、タイトルが目にはいった。

「助けてください。母がだまされそうです」

おれはダンボールを片す手を休め、ガードレールに腰かけると、本格的に見知らぬ相手からのメールを読み始めた。

やつの名前は梅原繁（うめはらしげる）。住まいは要町のグランドハイツというマンションだという。部屋番号は503だ。高校一年のときにクラスでハブられ、これは危険だと自分で判断して、休学し自分の部屋に引きこもった。それから十年以上がたつという。父親はいない。母親がパートで働き、自分を養ってくれている。ていねいな文章でそう書かれていた。

引きこもり解消の相談メールかと思ったら、そこから急に話が変わった。

やつの相談の焦点は問題児の自立百パーセントを保証するという引きこもり自立支援センター「ホームベース」。引きこもり、ニート、不登校、家庭内暴力。どんな子どもも必ず親離れと自立へ導くという。

「へえ、悪くないじゃないか」

おれは冬のガードレールに腰をのせたままつぶやいた。自分の部屋で十年無為（むい）の人生をくいつぶすより、どんな手をつかっても外にでられるほうがずっといい。単純にそう思ったからだ。どうやらこいつは詐欺でも広告でもなさそうだ。スクロールすると、超長文のメールはまだまだ続いている。シゲルは本気のようだ。

おれは丁寧な文章を読むのが面倒になり、最後についていたやつの電話番号にふれた。

不思議だ。やつは十年間部屋を一歩もでていないのに、スマートフォンはもっている。

「梅原シゲルか。こっちはメールをもらったマコトだけど」

ひゅうとおおきく息を吸う音に続いて、ざらりとした紙やすりのような声が返ってくる。しばらく誰とも話をしていないのかもしれない。声がおかしい。

「……はい、梅原です……」

そのあとは言葉が続かなかった。こちらが気をつかうしかない。

「メール半分読んだよ。で、なにをおれに頼みたいんだ」

最初から強気なのは、やつのほうがすこしばかり年下で、しかも同じ池袋育ちという条件のせいかもしれない。

「えっ、半分ってどこまでですか」

「自立支援センター『ホームベース』とかいうやつまで」

電話の声が安定してきた。おれの足元には冬の日が差している。ジーンズのひざがあたたかだ。東京の冬は穏やかなものだった。シゲルの声は反対にひどくとがっている。

「……あいつら最低だから」

力ずくで引きこもりを引っ張りだそうとでもするのだろうか。昔なんとかヨットスクールっていうのがあったよな。

「そりゃあ、十年も引きこもったら、外にでるのもたいへんだろ。あんまり支援の人を悪くいうなよ」

どうせ行政の息がかかった団体かNPO的なものだとおれは思っていた。なにせ自立支援センターだからな。

「違うんです、マコトさん。問題は現場の人間じゃなくて、センターの本部なんです」

ぜんぜん話が見えない。

「ホームベースって豊島区か都がやってるんだろ。お役所仕事だから、本部のほうはいつもトンチンカンなんだよ」

おれのとぼしい社会経験でも、それくらいのことはわかる。人生の先輩マコト。

「いえ、そうじゃないんです。ホームベースは普通の営利企業なんです。それもすごい金儲け主義で」

「あー……そういうことか。そんなにひどいのか」

どんなことでも金儲けの種になる世のなかだよな。

「はい。うちのお母さんが狙われていて、やばいみたいなんです」

母ひとり子ひとり。おれやタカシの家と同じだった。それで急にやる気がでてくる。

「電話で話してもらちがあかないな。これから、そっちにいってもいいか」

一瞬の間をおいて、シゲルが悲鳴のような声をあげた。

「ダメに決まってるじゃないですか。ぼくが引きこもりだって、わかってるでしょう。人と会うのが怖いからずっと部屋にいるのに」

ナイーブなやつ。おれは自信満々にいってやる。

「だいじょうぶだ。ドア越しでもいいから、さっさと話をきかせてくれ。やっぱり電話やメールだけじゃ、内容がわかんないし、調子がつかめない」

つけ加えるなら、依頼人が信用できるのかどうかもわからない。シゲルはもしかすると、引きこもりを続けたくて、自立支援センターを悪者にしているのかもしれない。どこで話をきいたのかはわからないが、おれとGボーイズの力を借りて、ぬくぬくと平和な自宅警備の仕事を邪魔する大人たちを追い払うのだ。

「待ってください。うちにはあげられません」

あきれたやつ。同じく引きこもりのカズノリだって、家にはあがれたし、扉越しに話はできた。

「じゃあ、どうすんだよ。直接会わないと、仕事は受けられないぞ。どうせ金はもらわないんだからな」

急にシゲルはあわてだした。

「料金はお支払いします。そんなにたくさんはあげられないけど」

おふくろが店先で長電話をしているおれを、不思議そうな目で見ていた。おれの電話はいつも二、三ターンで終わるのがほとんど。

「おまえ、十年ヒッキーやってるんだろ。どこからそんな金がでてくるんだよ」

シゲルはなにかぶつぶついっている。

「……えーっとネットで受けた安い原稿仕事とか……お年玉をためたやつとか」

小学生か。おれは思わず笑ってしまった。二十代なかばでまだお年玉をもらっているのだ。

「どうせおふくろさんからもらったお年玉だろ。そんな金はもらえないな。だけど、直接話をするのはマストだ。どうする、シゲル。おまえが決めろ」

おれは不景気な池袋の駅まえを眺めていた。人口減少は東京都心でも始まっているんじゃないだろうか。広場を歩いている人間が今年の正月はぜんぜんすくない。

「……わかりました。じゃあ、うちにきてください」

ガードレールから腰をあげて、おれはいった。

「昼めしくったらいくよ。二時くらいかな」

深くため息をついて、シゲルがいう。

「……あのあったかにしてきてくださいね」

暖冬とはいえ一月だ。おれが風邪でも引くのを心配してくれているのかもしれない。やさしいやつ。まあ、おれがしっている引きこもりはだいたいが人より何倍もやさしいんだけどな。

「ああ、わかった。そういえば、おふくろさん以外で新規の誰かと話すの何年ぶりだ」

電話のむこうで指折り数をかぞえているのがわかった。きまじめなヒッキー。

「……えーっとたぶん八年ぶりくらいです」

そうか十年にひとりしかやつは人に出会うことがないのか。独房で生きるというのは、そういうことなのだ。その他の人類すべてに絶望しないように、せいぜい好印象を残すよう代表としてがんばろう。

店にもどると、おふくろはレジの足元にある電気ストーブに張りついていた。

「新しい仕事だ。午後イチででかけてくる」

おふくろもおれと同じで退屈しているみたい。目を光らせて、おれにいう。

「なんだい、また暴力団のもめごとでも起きたのかい。力を貸すよ」

連れだし小路でのトラブルで味をしめたのだ。おれやタカシよりもおふくろはだんぜん武闘派である。

「いや、今回は引きこもりのガキからの依頼。十年部屋のなかにいるんだって」

おふくろはわざとらしく眉をひそめた。

「なんだって、そんなに自分の部屋がいいんだろうね。マコト、首に縄をつけてもいいから、そんなやつ外に引きずりだしてやんな」

「はいはい」

おれが力を貸すのはシゲルのほうで、目的も自立支援だとか部屋から外にでることでもない。現代社会の錯綜（さくそう）した事情について、おふくろに説明するのはやめておいた。年寄りの信念は大切にしてやらないとな。

要町は静かな住宅街。池袋からひと駅の割には、マンションや高層ビルよりも、古びた一軒家が多い。もっともおれは電車はつかわずに歩いていったんだけどな。

シゲルの住むグランドハイツは、どこがグランドだかよくわからない灰色の物件。元の塗装は白かったのだろうが、築三十年ぐらいですすが溜まって薄汚れている。エレベーターはなし。てくてくと外階段を五階まであがる。ここならさぞ家賃も安いことだろう。

503号室は外廊下の奥から二番目の部屋だった。手すり越しに池袋駅まえのビル群が見える。遠くまぶしいガラスの要塞みたいだ。廊下に面したアルミサッシには侵入防止のためにアルミパイプの柵がついていた。そこに青いバンダナが巻いてある。なにかのサインだろうか。おれが立ちどまると、うっすらと開いた窓のむこうから声がきこえた。

「インターフォンは鳴らさないで。ここで話をするので、いいですか」

あきれた。おれは吹きさらしの外廊下、シゲルは自分の部屋のなか。そんなところで仕事の依頼をしようというのだ。

「あったかにしてこいって、そういう意味だったのか」

「はい、すみません。でも人を家にあげるのは、どうしても気がすすまなくて」

おれはアウトドアブランドの一番分厚い極地用のダウンジャケットを着こんでいた。日もでているし、まあいいか。

「……あの、これ」

五センチばかり開いたサッシのすきまから、缶コーヒーがでてきた。おかしなところにばかり気をつかうやつ。

「おう、サンキュー」

受けとるとしっかりとあたたかだった。両手で包むようにもち、腰高の窓の横にもたれる。

「さあ、話してくれ。シゲルはどうして部屋にこもったんだ」

半透明の窓越しにシゲルのかすれた声が響いた。なんだか留置場の面会室みたい。

「もう十年以上もまえになるから、引きこもりの理由なんてはっきり覚えてないよ。高校一年のクラスでなにかがうまくいかなくて、ぼくだけが無視された。誰にも話しかけてもらえなくて、学校の行事でもいつもひとりきり。このままだと自分が壊されると思って、高校にいかなくなった」

よくある話なのだろうか。この国には百万を超える引きこもりがいるというけれど、おれはせいぜい数例しかしらない。

「シゲルのうちは金もちなのか」

いちおうきいておく質問だった。エレベーターがないのを見れば明らかだが、どんなふうに生計を立てているのかはきいておきたい。

「うちの父さんは埼玉の化学工場で働いていたんだけど、工場の火災にまきこまれて亡くなったんだ。小学校四年生のとき。保険金がけっこうおりたらしくて、その金とお母さんのパート代で、今は暮らしてる。いつまでもつのかわからないけど」

おれはマンションの外廊下から池袋の遠い街並みを眺めていた。この景色のなかにシゲルのような引きこもりが数百人はいるのだろう。地獄はいつも普通の顔をしている。

「で、シゲルはいつか外にでたいと思ってるんだよな」

返事は即座にもどってきた。

「うん、ちゃんと働いて、うちに金をいれたいよ。お母さんにおいしいご馳走でもたべさせてあげたいし。今までのお礼と罪滅ぼしに」

「そうか」

悪いやつじゃなさそうだった。

「それにあんなふうになるのは嫌だ。去年あった事件だけど、マコトさんは覚えてるかな。五十六歳引きこもりの息子と七十九歳の母親の……」

そんな事件があっただろうか。まったく記憶にない。

「その親子がどうしたんだ」

「母親が風呂あがりに心臓発作で倒れたんだ。でも、引きこもりの息子は外の世界が怖くて、救急車を呼ぶこともできなかった。息子の目のまえで母親は死に、それを見ていた息子はショックで手首を切って自殺をはかった」

悲惨な実話。おれはサッシの窓のすきまにいった。

「助かったのか、息子のほう」

「近所の人が見つけて、救急車を呼んでくれた。今はどこかの施設で暮らしているみたい」

いろいろな事件があるものだ。電話一本かけられないアラカンの息子と八十近い母親の末路。おれも気をつけないとな。

「ぼくも今のままだと、きっと同じようになる。ネットニュースを読んで震えたよ」

「だったら、そのホームベースとかになんとかしてもらえばいいだろ。そこは成功率百パー近いというじゃないか」

しばらく返事がもどらなかった。

「……それはそうなんだけど。でも、あそこはダメなんだ」

「だから、どうダメなんだよ」

「なんというか、悪質な自己実現セミナーみたいなんだ」

「あーそういうことか」

ひと言ですべてがわかる。そういうことってよくあるよな。

シゲルの話によると、自立支援センター「ホームベース」の会員は五段階に分けられるという。ブロンズ、シルバー、ゴールド、プラチナ、ダイヤモンド。わかりやすいやつ。料金は加速度的に跳ねあがっていく。

引きこもりは本人だけでなく、家族の病でもある。子どもの生活習慣改善や面談だけでなく、スパルタ的に研修や運動をおこなわせる。最終的には寮生活で鍛えあげ、進学や就職活動まで面倒を見るのだ。

おれは思わず口笛を吹きそうになった。

「それを私企業がやってるんだ。すごいな。話だけきいてると、悪くなさそうだ」

今まで、どうして区や都がやらなかったんだろう。うまく独房から引きずりだせれば、一生所得税を払ってもらえるのに。そっちのほうがおれは不思議だ。家族の問題に立ちいらないというあの主義が問題解決をはばんでいるのだろうか。虐待児童を見殺しにするお役所体質と同じだ。

「うん、でもそこまでいくには何百万円もかかる。それにお金がかかるのは、子どものほうだけじゃないんだ」

「そうか、家族の病気だもんな」

いい話には裏がある。おれはマンションの外壁にもたれたまま、スマートフォンをポケットから抜いた。自立支援センター「ホームベース」で検索をかける。グーグル先生はおれみたいなトラブルシューターには、すごくいい相棒だ。検索ワードと結果を抜かれているのはしゃくだけどな。

シゲルはしばらくためらってからいった。

「ぼくに何百万かつかうだけじゃなく、うちのお母さんにもまた何百万円もセミナー代として払わせようとしているんだ。ぼくが引きこもりになったのは、親の教育のせいでもある。家族観、教育観をいちからたたき直すセミナーなんだって。毎月何十万もかかるんだ。ぼくはどうしていいかわからないよ」

シゲルの悲鳴をききながら、おれはディスプレイで「ホームベース」の詳細を読んでいった。ビジネスは引きこもり、ニート、不登校、家庭内暴力の解消だけではなかった。ギャンブルや薬物、性犯罪に万引きなどの依存症まで、あらゆる症例の自立支援を応援する企業だそうだ。

社長は徳江正樹（41）。日本とアメリカの大学の学位をもっている。経済学と教育学。ちょび髭のにやけた小男だった。身体にぴたりとあったオーダーメイドのスーツを着ている。徳江は経済新聞の取材で語っていた。

今目には見えないけれど、原子力潜水艦のように危機は潜行しています。引きこもりの第一世代が六十代を迎え、親世代が亡くなると公的年金や生活保護をはじめとする社会保障に頼るようになる。二〇一八年度発表の内閣府の調査では十五歳から三十九歳の引きこもり人口を五十四万人と推計していますが、われわれの調査では中高年も加えると実に二倍以上になる百万人を優に超えている。これは日本の福祉全体への強烈にして壊滅的なインパクトになりうるものです。ホームベースは自立支援をつうじて、この危機へのいち早い対応をおこない、会員ひとりひとりに社会的なつながりの育成と経済的自立を促していきます。

徳江の会社は近々東証マザーズ市場への上場も準備しているという。企業業績は倍々ゲームで伸びている。日本では数すくない新興有望企業のようだ。

シゲルが振り絞るようにいう。

「ぼくはホームベースはちょっとおかしいから、やめておきなよとお母さんにはいったんだ。でも、お母さんは本気なんだよ。父さんの保険金を全部つかい切ってもいいから、ぼくを外にだしたいって」

仮にシゲルの自立支援に一千万かかったとしても、その後数十年の収入を考えたら元がとれる話なのかもしれない。おふくろさんの気もちもよくわかった。いつか自分は息子を残して、死ななくてはいけないのだ。

シゲルがいきなり叫んだ。

「あっ、マコトさん、帰ってくれない」

意味がわからなかった。ようやくシゲルの状況とホームベースの全体像が見えてきたところだ。

「どういうことなんだよ。観たいテレビでも始まるのか」

窓越しにシゲルはいった。

「違うよ。そろそろホームベースの指導員がくるんだ。三時の約束なんだけど、あいつらいつも十五分まえにはインターフォン鳴らすんだ」

おれはすこしいらついていった。

「だったら先にいえよ」

「だけど、マコトさんがすぐ、二時にくるっていうから、いいだせなくて」

ちょっといらつくガキだった。実年齢は二十代なかばでも、精神年齢は高校一年でとまっているのかもしれない。引きこもりの期間は社会的な経験値がたまらない。おれはそこでいいアイディアを思いついた。

「なあシゲル、ホームベースの指導員がなにをするのか、見学させてもらってもいいか。おれは口だしはしないから。やつらがどんなふうにするのか見ておきたいんだ」

シゲルは迷っているようだった。

「……でもどうやって、マコトさんを紹介したらいいか」

そちらのほうは、おれの得意技。口八丁手は二丁だ。

「不安だから、中学のときの地元の先輩にきてもらったで十分だろ。玄関の鍵を開けてくれ。そういえば、おふくろさんはどうしてる」

「今日は水曜だから正午からパートにいってるんだ。スーパーのレジと夕方からビル清掃」

ダブルワークだった。シゲルを自立させるための金をつくりたいのだろう。パートをかけもちしていくら稼げるかはわからないが、それでもセミナー代金を払うのはかなりむずかしいだろう。おれはネットで料金表を見たが、プラチナ会員など一カ月で五十万円もぶんどられる。

シゲルはしぶしぶいった。

「わかった。しかたないな。マコトさん玄関のほうにきて」

おれはシゲルの部屋の窓を離れ、スチール扉の玄関にむかった。がちゃりと冷たい金属音が鳴ってロックが解かれた。ドアを開ける。シゲルの顔を見るのがたのしみだ。おれの予想では肩にかかる長髪で、だぶだぶの襟が汚れたトレーナーかセーターをかぶっている。下は高校の体育の時間のジャージとかスウェットである。運動不足のせいで二十代で、腹がでて顔は脂性って感じ。ステロタイプ。

「ようこそ、いらっしゃいました」

なんだか日本語がおかしいが、シゲルはぜんぜん予想とは違っていた。前髪はぱっつんと一直線だが、不潔感はない。白いボタンダウンのシャツに紺のニットベスト。ジーンズは細身で洗濯したてのようだ。なんなら店番の途中で抜けだしてきたおれよりも、ずっと清潔なくらい。顔だけは傷つきやすい子どもの顔だったけどな。ちゃんとスリッパもはいている。

「このカッコおかしいかな」

シゲルは自分の服装を見おろしていった。

「いや、ぜんぜん悪くない。ていうか、今すぐアルバイトの面接にでもいけそうだな」

グレイのコートを羽織れば、面接どころかデートにでもいけるだろう。ニートなニートだ。

「ぼくは引きこもりだからってだらしないのは嫌だったんだ。服は高いのは買えないけど、気をつけているし、毎日部屋のなかで運動もしている」

「髪は自分で切ってるのか」

「うん、前髪はいつも切りすぎるんだ。あがって」

頭を押さえてはずかしそうにいう。いいはにかみの笑顔。

ハイカットのバスケットシューズを脱いで、狭い廊下を奥のリビングに移動した。十畳ほどの板敷の部屋だった。死んだ父親の写真とちいさな仏壇。テーブルの中央には手縫いのマット。そのうえの皿にはラップをかけた大振りのおにぎりが二個。

「シゲルの昼めしか。いいおふくろさんだな」

パートをかけもちして働いているのに、自室にこもる息子の昼まで用意していくのだ。法外なセミナー代金の出血はなんとかしてとめてやりたかった。一年で大企業のサラリーマンの年収が軽く吹き飛ぶだろう。

けれどシゲルが外にでて社会とつながりをもつのは、母親としての悲願でもあるはずだ。そいつも邪魔したくはない。シゲルのためにも、おふくろさんのためにもな。さて、どうしたらいいのだろう。おれが途方に暮れていると、玄関から電子のチャイム。シゲルの顔がさっと暗く引きつった。

「きたよ。ホームベース」

おれはうなずいて声をかけた。

「おれは尻尾はださないから、安心しろ。いいか地元の先輩だぞ。実家の店を手伝ってる。彼女はいない。そうだな……なにかいい仕事があったら、一般企業で働いてみたいと思ってるなんてどうだ。例えばホームベースとか」

伸び盛りのユニコーン企業なら、新規の採用意欲も旺盛だろう。それとなく気のある振りをしておけば、情報が引きだしやすいかもしれない。おれは四人がけのダイニングテーブルの椅子に背筋を伸ばして座った。さて、どんなやつがやってくるのか。成功率百パーセント近い引きこもり解消法はどんなものか。

遺影のなかでシゲルの父親は着慣れない背広が窮屈そうだが、まっすぐにおれのほうを見ている。さて、ひと芝居打ってやろう。とりあえずすこし頭の足りない地元の先輩面(づら)をして、おれはぼんやりと冬空に浮かぶ羊雲のような従順な笑みをつくった。

シゲルの顔が薄青くなっていた。

先に立ってやってきて、おれにＳＯＳの視線を送ってくる。古いマンションの狭い廊下をついてくるのは、ふたりの若い男。おそろいの黒いスイングトップを着ている。胸には五角形のホームベースのロゴ。なぜか二人目の男はグリップをつけた小型のムービーカメラをかまえていた。ＧｏＰｒｏの新型。グリップは手ぶれ防止のジャイロがついたやつ。

おれは軽く腰を浮かせて声をかけた。

「こんちは、シゲルの中学の先輩で真島誠です。やつがびびってるから、応援にきました」

シゲルはテーブルをまわって、おれのとなりに座った。先頭の三十代の男がおれの正面に、カメラをもつ若い男がそのとなりに腰かける。おれが話すとちいさなカメラがこちらをむいた。年長のほうがやけににこやかな笑顔でいう。

「ホームベース北東京支部の久保田淳(くぼたあつし)です。こちらは下岡秀保(しもおかひでやす)。今日からシゲルくんはうちのプラチナ会員になりました」

クボタの胸元は輝くように白いTシャツ。体育会系だったのだろうか。胸板がやけに厚い。

「プラチナ会員って……」

シゲルが絶句していた。おれも五十万という高額な月会費をネットで見たばかり。ダブルのパートで働きながらシゲルのおふくろさんは、そんな大金を毎月支払うのだろうか。クボタはにこにこしたままいう。

「シゲルくんもご存知のようにうちのプラチナ会員の会費は高額だ。そちらの財政事情も本部のほうでは理解しているから、二割引きのサービスをおつけすることにした。その代わりといってはなんだけれど、シゲルくんにはテストケースになってもらいたいんだ」

クボタはそういって、シモオカのほうをむいた。

「今、撮影しているカメラは当社の内部資料だけでなく、ネットに流すPRの素材にも使用させてもらうことになっている。すでにお母さまとは契約済みだ」

有無をいわさぬ展開だった。高校一年から引きこもっているシゲルには反論の余裕もない。おれは前髪が一直線になった横顔をそっと見た。青かった顔が赤くなっている。なるほど身ぎれいで顔だちの整った引きこもりは少数派なのだろう。シゲルは本部にしてみれば格好のCMタレントというわけか。カメラはまわり続けている。おれはいった。

「あの、そいつはちょっと急すぎるんじゃないかな」

　クボタは決して笑顔を崩さなかった。

「もちろんどうしても嫌だというなら、われわれのほうでも再考の余地はある。その場合は割引分の差額十万円を、毎月シゲルくんが払ってください。それともきみは三番目のパート仕事をお母さまにさせるつもりかな」

　シゲルはテーブルのしたで、げんこつを思い切り握り締めていた。関節が白くなるくらいな。クボタは白い壁のような笑顔を固定したまま いった。

「マジマさんはシゲルくんのことをどう思う。このまま引きこもり続けるより、外にでてしっかりと働いたほうがいいよねえ」

　おれは白いボタンダウンシャツに紺のベストを着たシゲルに視線を流した。だいじょうぶだ。目を見たまま軽くうなずいてやった。

「はい、おれもそう思います。それにこいつ自分で働いて、いつかおふくろさんに楽させてやりたいって、いつもいってるんです。こいつだって、ほんとうはずっと引きこもりでいたいわけじゃない」

　驚いた。今日が初対面のトラブルシューターが口からでまかせにいった言葉で、シゲルは突然涙ぐんでいる。

「ホームベースって、引きこもりを百パーセント自立させるっていうじゃないですか。

立派な仕事ですよね」

クボタは今度はほんとうにうれしそうだった。

「パンフレットにはそう書いているけれど、ほんとうのことをいうと九十三パーセントくらいの成功率だよ。心の病とか、なにかとうまくいかないこともある」

「でも、すごいですよ。おれ、今仕事がなくて、実家の商売を手伝ってるんですけど、ホームベースでは求人募集してないんですか」

シモオカのカメラがおれに寄ってきた。やる気に満ちた就職希望者。こいつもいいPRの材料になるのだろう。

「そういうことなら、わたしのほうで本部の採用担当につなげてあげよう。シゲルくんはいい先輩をもったな」

「それでなんですが、シゲルといっしょにクボタさんの仕事ぶりを見学させてもらってかまいませんか。引きこもりの自立支援ってどういうふうにするのか、興味があるんで」

「ここはシゲルくんの家だ。本人がかまわないなら、好きなように見学してください」

「……ぼくは……かまいません」

シゲルの声は糸電話で伝わるようにか細かった。

「さあ、じゃあいつもの呼吸の運動から始めよう」

おれが立ちあがろうとしたところで、クボタがいった。

「座ったままでいいんだ。両手を軽く開いて、深呼吸しよう。イチニイサンシイゴで吸って、ゆっくり倍の時間をかけて吐きだそう。はい、鼻で吸って、口から吐く。お腹のなかにたまった悪い気を全部身体の外にだすつもりで」

この呼吸法をおれたちは五分間やった。案外いいもので、池袋のよどんだ空気で汚れたおれの胸がすこしきれいになった気がする。

「つぎはストレッチングだ」

立ちあがり、体幹をねじったり、前後左右に曲げたりする。テーブルに手をついて、ふくらはぎとアキレス腱を伸ばすと、実に気もちがよかった。じんわりと汗が浮かぶ。クボタはおれたちといっしょにストレッチングをやった。ときどきシゲルの身体に手をふれて、指導したりしながら。こういうボディタッチも十年引きこもったやつには効果的なのだろう。シモオカはずっとカメラをまわしっ放し。

「座ってください」

クボタはパソコンをショルダーバッグからとりだした。シゲルのファイルを開いたようだ。

「食事は毎日ちゃんとたべていますか」

「はい」

「三食？」

「……いえ、二食ですけど。きちんとたべています」

医者の問診のようになってきた。おもしろいものだ。クボタはキーボードに打ちこんでいく。

「睡眠時間は足りていますか。夜はよく眠れますか」

「眠れます。規則的だけど、時間は遅いです。三時に寝て、十時くらいに起きて」

「朝型にきちんと変えるようにしましょう。睡眠のリズムがすべての生活の基本になります。もうわたしがここにきてひと月になりますね。次回からは屋外活動が始まります。西池袋にある教室にいっしょにいくんですよ。同じような境遇の友達にも会えるし、きっとたのしいですよ」

おれは口笛を吹きそうだった。クボタは乱暴でもないし、生活改善の方法もきちんと考えられているようだ。これで高額会費でなければ、なんの問題もない。おれは質問した。

「あの、だいたい何カ月くらいかかるもんなんですか」

「ひとりで外にでられるようになるだけなら、だいたい三カ月くらい。進学や就職をして、ひとり暮らしの物件を見つけて自立するとなると、半年から一年は見てもらうようにしています」

　おれはよくわからなくなっていた。仮に半年とすると二割引きで、おふくろさんのほうに二百四十万円かかる。たぶんシゲルのほうも似たようなものだろう。すると半年で五百万弱。一年なら一千万だ。とんでもない大金ではある。けれど、シゲルが自立してこの先三十五年働いたとすると、稼げる額はそんなものでは済まないだろう。

　悪くない先行投資の気もしてくる。シゲルの家が金もちなら、なんの問題もなくおれはホームベースをすすめるだろう。

　九十分でクボタたちは帰っていった。黒いスイングトップには、胸だけでなく背中にもおおきなホームベースがプリントされていた。スポーツクラブとか、フランチャイズとか、ラーメン屋とか、この手のユニフォームが好きだよな。みんなどこかに所属していることを自慢したいのかもしれない。

シゲルがおにぎりをたべながらいった。

「あの深呼吸のあとって、お腹空くんすよね。どう思いましたか、マコトさん」

「まだよくわかんないよ。すくなくともあのクボタって人はちゃんとしていたように見えたけど。でも五十万は高いよな」

ちょっとしたセミナーにでて、引きこもりの息子の相談にのってもらうだけで、おれの給料の二カ月分以上だ。そう考えるとすごく法外な気もしてくる。

「でもお母さんはぼくの将来のことを必死で考えて、プラチナ会員になったんだろうし、ぼくも迷ってます」

「おれもだ。帰って、もうすこしホームベースのこと調べてみる。なにかあったら、メールしてくれ」

◇

家に帰ると、おれはCDラックから『シンデレラ』組曲をとりだした。プロコフィエフのバレエ曲をもとにした演奏会バージョンだ。シゲルは女の子ではないが、外の世界を恐れる引きこもりは、どことなく舞踏会にあこがれながら下働きをしているシンデレラに似ていないだろうか。池袋の西口が光り輝くパーティ会場というわけ。ゆるやかでちょっと暗いワルツがよく晴れた冬の東京にぴったりだ。

ホームベースについては二階のパソコンで、片端から読みこんでいった。現代のことだから、ほめるサイトとけなすサイトがきれいに半分半分。なにをやっても、悪口をいわれる世のなかだよな。

ほめるほうは、ちゃんとうちの子が外にでられるようになった、アルバイトができるようになった、ひとり暮らしを始めたなんて体験記がほとんど。ホームベースは東京都や厚生労働省からの表彰なんかも受けている。

ネガのほうはやはり金がらみが多かった。

悪質セミナー的な料金設定がひどい、高額な上級会員ほど在籍期間が長く、退会がむずかしくなる、あまりに金儲け主義だ。だが、引きこもりの親からしたら頼れるところはほかにないのだろう。役所にも相談はできるが、具体策はとぼしい。官公庁の仕事には基本的に民事不介入の警察と同じ腰が引けた体質がある。

おれは手詰まりになって誰かと世間話をしたくなった。やつはいそがしいだろうが、かまうことはない。王さまにホットラインが敷かれているなら、つかわない手はない。

とりつぎがでて、おれの声に気づくと無言で交代した。

「タカシか、マコトだ。おまえ、引きこもりになったことなかったっけ」

最初のひと言が大切だった。キャッチーで意表をつくなにかをいわないと、キング・タカシにはすぐガチャ切りされてしまう。今も北海道と東北の上空にある零下三十度のシベリア気団のような声でタカシがいった。

「ないな。仕事か」

高校時代にタカシのおふくろさんが亡くなったときのことを考えていたのだが、王さまの返事はクールだった。

「ホームベースという引きこもりの自立支援をしている営利企業がある。おれやおまえみたいな母子家庭の引きこもりから依頼を受けた。やつの母親は月五十万もするプラチナ会員になったそうだ」

電話のむこうで気温が変わった。北海道どころか、シカゴなみの急降下。

「金もちか」

「いいや、シゲルのおふくろさんはパートをふたつかけもちして、料金を払っているらしい」

「なるほど」

タカシがなにかを考えていた。自分で考える王さまなのだ。アメリカの大統領よりはだいぶましだ。キングがいった。

「そういえば、西池袋にホームベースの看板があったな。Gボーイズに情報を集めさせておこう。そいつは引きこもり何年だ」

「高一から十年」

パウダースノウのようにさらさらとタカシが笑い声をあげた。

「じゃあ、自分の部屋からでるには、ちょうどいい時期だな」

おれもそう思う。独房からでて、シャバの空気を吸うのにはいいタイミングだ。

「なにかわかったら、電話をくれ。でも、おれたちはよく引きこもりにならなかったよな。中学も高校も最低だったのに」

タカシは一瞬考えてからいった。

「あのころは街が今より、ずっとおもしろかったからじゃないか。いつもなにかが起きそうな感じがしていた」

「そうかもしれないな」

通話を切った。なにかが起きそうなのは「感じ」だけで、実際にはなにも起きないことが多かった。それでも、おれたちはいつも街にでて、家に帰らなかったのだ。でっ放しと引きこもり。どちらのほうがましなのか、おれにはよくわからない。

夕方店番をしていると、いきなりシゲルがやってきた。驚き。やつにとっては十年ぶりの池袋だろう。

一月の午後六時、やつはコートも上着もきないで、白シャツにニットのベストだけの格好。さすが引きこもり、真冬の戸外の気温がわからないのか。

「どうしたんだよ、急に」

うちの果物屋の住所は教えてあったが、メールの予告もない。十年引きこもっていたシゲルが外にでてくるなんてよほどの緊急事態だ。泣きそうな顔でいった。

「お母さんが帰ってきて、おおげんかをしちゃった。どうしてプラチナ会員になったんだ。あの広告塔にされる話はなんだって」

「おふくろさん、なんていってた？」

「しかたがない。背に腹は代えられないって。ぼくが外にでて働けるようになれば、お金なんか一円もなくなってもかまわないって」

ずいぶんとうちの店を探し歩いたのかもしれない。シゲルの唇は紫色。うちのおふくろが見かねて声をかけた。レジから手招きする。

「あんた、店のなかにはいんなさい。こっちに電気ストーブあるから」

しゃがみこんで手をあぶるシゲルに、おふくろはおれのユニクロのダウンジャケットを羽織らせてやった。小声でおれにいう。

「この子、どうしたんだい」

「引きこもりなんだ。やつのおふくろさんが引きこもり解消の会社に毎月すごい額の金を払ってる」

おふくろが目をつりあげた。

「いくらだい？」

二割引きの話は面倒なのでカットした。

「おふくろさんのセミナー代だけで月五十万」

「すぐにやめさせなさい。そんなもの詐欺と同じじゃないか」

考えてみたら、あたりまえの話。やはりおふくろみたいな普通の生活者の意見はただしい。おれはシゲルにいった。

「おふくろさん、どうしてるんだ？」

「またパートにいった。つぎはビルの清掃」

うちのおふくろの顔つきが変わる。

「お父さんはいないのかい？」

シゲルはうなずいた。一直線の前髪がかすかに揺れる。

「じゃあ、あんたががんばらないといけないじゃないか。いいかい、今夜はうちで晩ごはんたべていきなさい。話をきかせてもらうから」

おれはあっけにとられて、おれのダウンを羽織ったシゲルを見ていた。おふくろはおれよりも熱くなっている。これは面倒なことになりそうだった。店先のCDプレイヤーでは『シンデレラ』のワルツが流れている。いったいほんものの王子はどこにいるのだろう。

そのときうちの店のまえに軽トラックが停車した。もぐらの家のクルマだ。板橋にあるその施設には知的障害や心の病を抱えたやつらが暮らしている。運転手はボランティアの学生で、そのむこうからみっちゃんが手をふってきた。
「マコトさん、おふくろさん、あけましておめでとうございます。今年もよろしく。ダンボールもらいにきました」
みっちゃんは三十代なかばというところ。知的障害が少々。こだわりが強くて、なぜかいつも黄色い服を着ている。その日は黄色のジャージに黄色いダウンベスト。頭は二週間に一回施設でバリカンの丸刈りだ。みっちゃんはサンダル履きで軽トラをおりてくると、店のまえに積んであったダンボールを空っぽの荷台にのせ始めた。

じっとみっちゃんともぐらの家の軽トラを見ていたシゲルがさっと立ちあがるといった。

「ぼく、手伝います」

みっちゃんは万引きでも見つかったかのようにおおげさに手を振った。

「いいのです。わたしの仕事なのです」

シゲルはダンボールを手にとってのせていく。

「マコトさん、このイケメンは誰でありますか」

おれはにこりと笑った。東京の冬の空は快晴。

「引きこもりのシゲル。みっちゃん、ダンボールはみんなの仕事だぞ。いっしょにやろうぜ」

シゲルとみっちゃんとおれは、それからものの五分でちいさな荷台いっぱいにダンボールを積みあげた。うちのおふくろがアンデスメロンの串をもってきた。ボランティアの学生が荷台にロープをかけている。

おれたち三人は店先のガードレールに腰かけて、熟れて甘いメロンをくった。みっちゃんがシゲルにいった。

「引きこもりさんって、めずらしい苗字ですね」

おれは笑った。訂正はしなかった。その代わりにシゲルにいう。

「十年引きこもろうが、おまえが誰だろうが、みんな気になんかしないぞ。シゲル、そろそろ独房をでてもいいころだろ」

別に気合いをいれた台詞ではなかった。メロンってうまいよな。それくらいのつもり。だが、それをきいたシゲルがたべかけの串をもったまま爆発的に泣きだした。みっちゃんが困った顔をして、シゲルの頭をなでた。

「マコトさん、弱い人をいじめたらいけません。そんなことを施設でしたら、先生に怒られますよ」

黄色ずくめのみっちゃんがシゲルの背中をなでながら、声をかけ続ける。

「引きこもりさんは、いい子です。引きこもりさんは、いい子です。だから、泣かないで。ぼくまで泣きそうになります」

泣きべそをかいているみっちゃんと馬鹿みたいに涙をこぼすシゲルを見ていて、なぜかおれまで泣きそうになった。うちの店先で涙なんて見せることは断じてできない。おれはアンデスメロンの残りをくい切ると、棒を捨てるふりをして店の奥にいき、涙をぬぐった。

きっと年のせいと、地球温暖化のせいなのだろう。おれの身体からはやけに水分がでやすくなっているんだ。

その夜、シゲルはおふくろの手料理をよくくった。人の家でめしをくうのも十年ぶりだそうだ。おふくろはシゲルの家の話を詳細にききこんでいった。そうかい、お父さんは亡くなったのかい。労災で死亡一時金がおりたんだね。あんたは高校一年でやめてるから、中卒なのかい。シゲルはやけに素直で、おふくろにきかれたことはなんでも返事をしていた。

夜になって、シゲルは家に帰った。おれは路上まで見送り、ダウンジャケットを貸してやった。

「シゲルはうちのおふくろに、やけに気にいられたみたいだな。あれでけっこうしつこいから、たいへんだぞ」

シゲルの手にはおふくろから渡されたメロンやリンゴがさがっている。

「いえ、こんなによくしてもらったの初めてで、ほんとにもうしわけないです。お土産までいただいて」

ぺこりと頭をさげると、なんだか高校生みたいだった。背景は酔っぱらいが多い池袋っちゃんさんとか」

「はい、ありがとうございます。今日はすごくいい経験ができました。もぐらの家のみ

「来週の外出にはおれもついていくからな」

西一番街だ。

もうおまえは外にでられるだろ。ホームベースなんて必要ないじゃないか。うっかりそう口にしそうになった。だが明日になって、シゲルがどう変わっているのかはわからない。十年続けてきた生活の形を急に変えるのも困難だろう。その代わりにいった。

「みっちゃんがどうしたんだよ」

「いえ、今はいいです、やめておきます。ほんとにおもしろい人がいるなあって思いました」

外の世界にはおもしろい人間がいる。ときに晩ごはんをくわせてくれる家もある。一日の学習としては十分だろう。おれはシゲルに手を振ると、その日何度目かの『シンデレラ』をきくために、四畳半の独房に帰っていった。

三日ほどしてタカシから電話があった。おれは王さまのような冷たい威厳をもってこ

たえる。

「なにかわかったのか、キング」

「いや、それどころじゃない。マコト、おまえのおふくろさんから、直接おれに電話があったぞ。おまえ、おれの電話番号教えたのか」

ぞっとする。プーチンとトランプの直通電話みたい。

「教えるわけないだろ」

「シゲルのことをよろしく。それとホームベースを潰してくれってさ」

ブーツ・オン・ザ・グラウンド。すぐに地上戦だの、ミサイル攻撃に頼るのだ。おふくろはガチガチの武闘派である。

「相手にしなくていいよ。敵は極端だから」

「ホームベースについても、いくつかわかった。Gボーイズがらみでも何件かトラブルがあった。多いのはやはり金銭がらみだ。ある家では引きこもりの子どものために、ホームベースに二千万ほどつぎこんだらしい。裁判になったところもある。それに親たちのまえでは見せないが、かなりきつめの体罰なんかも本部ではやっているようだ」

それについてはいくつかの書きこみが、無記名でサイトにあがっていた。担当者による指導の名のもとの暴力である。

「わかった。なるべく早くシゲルをホームベースから切り離す。なにができるか、考えてみる」

タカシの声は溶けだした春の雪ほどの冷たさ。

「ああ、頼んだぞ。おれがおまえのおふくろさんにつつかれるんだからな」

ようやく池袋のキングもおれのおふくろの恐ろしさがわかったようだ。最後におれはいった。

「この件が片づいたら、新年会やろうな。なんなら、シゲルとうちのおふくろをいれてもいい」

「かんべんしてくれ」

「そうだよな、やっぱりおれとさしのほうが……」

そこまでいったところで、キングがガチャ切りした。無礼な王さま。

つぎの水曜日、おれはクボタに連れられてシゲルといっしょに、西池袋の雑居ビルにあるホームベースの教室にいった。一階は不動産屋で二階はカフェで三階は学習塾。そんな雰囲気のまだ新しいビルだった。

普通の教室の半分ほどの広さの部屋には、全部で八人の引きこもりがいた。黒板と学習用の机はほんものと変わらない。クボタが先生のようだ。黒板のまえに立ち、全員に自己紹介をさせていく。シモオカはまた撮影担当だ。

八人いる引きこもりのうち、シゲルが最年少のようだった。三十代、四十代がほとんどで、なかにはどう見ても定年間近のような中高年もいる。おれは腕組みをして、教室の後方で立っていた。

自己紹介が終わると、クボタがいった。

「このあと一時間目が終わると、お茶の時間があります。すこし疲れてきたかもしれないけれど、もうすこしがんばって交流会を続けましょう。つぎはしりとりです」

驚いた。中高年のしりとり交流会なのだ。だが、ひとりひとり声をだすし、参加意識もつくれるし、悪くないアクティビティかもしれない。

「では、最初にシゲルくん」

シゲルはおれのほうを振りむいて困ったような顔をした。正面にむき直り、おおきな声をあげる。

「アンデス」

「はい、つぎ。大久保（おおくぼ）さん」

「す、す、水上スキー」

「はい、つぎ。北川（きたがわ）さん」

頭のてっぺんが薄くなった引きこもりだった。確かにこの男の絵面ではＰＲにならないかもしれない。腹がつきでて、霜降りの薄汚れたスウェットを着た四十五歳。いったい何年、独房にいたのだろうか。もしかしたら二十五年か三十年。

「き、き……なにがしりとりだ、くそー」

北川と呼ばれた男がいきなり立ちあがり叫び始めた。

「こんなくだらないこと、やってられるか。おれは帰る」

机を蹴とばし、叫んでいる。暴れだした中年男をにこやかな顔で見つめたまま、クボタが壁のインターフォンになにかいった。廊下をばたばたと駆けてくる男たちの足音。おれと目があうと、シモオカはカメラをそっととめた。

教室のドアが開き、屈強な男がふたり駆けこんできた。ひとりはおおきな白いジャケットのようなものをもっている。

「静かにしなさい」

有無をいわせず北川を羽交い締めにして、男たちはやけに袖が長い上着をきせていった。両腕を身体のまえで交差させ、袖の先は背中でぱちりと留め金で固定する。ようやくおれにも白いジャケットの意味がわかった。こいつは精神科の病棟でも最近はあまり使用されなくなっている拘束衣だ。上半身が固まった北川が叫ぶ。

「こんなことをして許されると思うのか」

歯をむきだしにして、右側にいる男につばを吐いた。クボタがいった。

「はい、みなさん。交流会の邪魔をしたので北川さんには、ほかの部屋ですこし反省してもらいます。こちらはしりとりの続きをやりましょう」

おれは北川の様子をじっくり見ていた。つばをかけられた指導員が足元をふらつかせた。わざとらしい動き。やつは左の肘をとがらせて、北川の脇腹にぶちこんだ。誰も気がついていないようだ。北川は身体をくの字に折って廊下へ連れられていった。

「はい、三宅さん。つぎは『き』からです」

クボタの笑顔は鉄壁だった。そのときようやくおれは悟った。ホームベースは引きこもりでも、引きこもりでなくても距離をおくべき会社だ。どんな理屈をつけても、ここはまともじゃない。

帰りぎわ、エレベーターのまえでクボタに耳打ちされた。

「ああいうこともごくまれにだが、あるんだ。内緒にしておいてください」

シゲルにはほがらかにいう。

「来週の交流会では、お茶でなく食事会がある。楽しみにしていてください。お母さまによろしく」

礼儀正しく頭をさげながら、シゲルの指はエレベーターの閉ボタンを押していた。扉が閉まるとおれはいった。

「さっきの見たか」

「はい。北川さん、かわいそうだったですね。暴れたのはよくないけど」

「ホームベースに逆らえば、シゲルも拘束衣だぞ。ここは早くやめたほうがいい」

「ぼくはいいけど、お母さんはどうしたらいいのかわかんないよ」

不動産屋のわきにおりた。夕方の西池袋は閑散としている。のみ屋も風俗もまだ時間が早いのだ。おれたちはうちの店にむかって歩きだした。

「一番かんたんな方法は、シゲルが引きこもりでなくなればいいんじゃないかな」

おれを見て、意外そうな顔をした。

「どういうことですか」

「だから、毎日外にでろよ。なんならうちの店にきて、おれみたいに店番をしてもいい。すこしくらいなら、おふくろがバイト代くれるぞ」

事情を話せば、おふくろならそうするだろう。いや、下手をするとおれよりも時給が高くなる可能性もある。

「そんなの、迷惑じゃないですか」

「おふくろさんに十年迷惑かけてんだろ。うちのことなら、気にすんな」

シゲルがぺこりと頭をさげた。

「すみません」

「謝るなら、おれでなくおふくろさんにしろ」

シゲルはそれから毎日朝からうちの店にくるようになった。おれは雑用をすべてシゲルに振ってやった。店先の清掃、商品の品だし、果物のほこりはたき、近所の常連への配達。やることがないとすまなそうな顔をするので、シゲルには仕事があったほうがいいのだ。

おれはどこかのクラブのＤＪのように客の相手と選曲をするだけ。プロコフィエフに続いて、チャイコフスキーとラフマニノフをかける。おれは甘い音楽も嫌いじゃない。だが一週間ほどすると、シゲルはうちには午後遅めの時間にくるようになった。

シゲルがいないので、しかたなく店を開けていると、おふくろがいった。

「シゲルくん、がんばってるのかねえ」

王林（おうりん）を積みながら、おれはきいた。

「なにをだよ。きいてないぞ」

「はずかしがりやなんだよ、あの子は。あたしにもぐらの家の連絡先をきいてきた。なんでもボランティアにいきたいんだそうだ。うちでバイトしてるだけだと、甘えているような気がするんだとさ」

そうだったのか。おれはその日の午後、さっそくダットサンで板橋に足を延ばした。

もぐらの家を見るのは、おれも初めてのこと。そいつは住宅街にある倉庫のような建物で、一階の倉庫部分には、ダンボールや空き缶なんかが積みあげられている。通りの反対側にダットサンをとめて、おれは様子を観察した。
三十分もするとシゲルがでてきて、みっちゃんといっしょにアルミ缶を潰し始めた。七十リットルのゴミ袋いっぱいの缶だった。足踏み式の缶潰し機でなにか冗談をいいながら、みっちゃんと交代で缶を潰していくのだ。運営費の足しに廃品回収をしているのだろう。シゲルが腰にまいたエプロンは薄汚れているが、やつの笑顔はできたてのアルミ缶みたいにピカピカだった。
おれはしばらくその様子を眺めて、そっとクルマをだした。

翌日おれは要町にあるシゲルのマンションにいった。エレベーターのない五階建てはけっこうきつい。やつのおふくろさんが家にいる時間は確かめてあった。パートとパートのあいだのわずかな時間である。チャイムを鳴らすと、おふくろさんが顔をだした。

「はい、なんでしょうか」

「シゲルくんの友達で、真島誠といいます」

「ああ、アルバイトのほうでお世話になっている果物屋さんの」

「ええ、そうです。どうしても見てもらいたいものがあって。一時間でいいので、おつきあいしてくれませんか」

シゲルのおふくろさんはシゲル似だった。整った顔立ちに、白いものが目立つ髪。ビル清掃の作業着なのだろう。紺色のつなぎを着ている。おれはダットサンにおふくろさんをのせて、板橋のもぐらの家にむかった。前日と同じ場所にクルマをとめる。

今日のシゲルはやはりみっちゃんとダンボールの整理をしていた。貼ってあるガムテープやシールをはがし、きれいに折りたたんでいく。何枚か重ねると、器用にひもで縛りあげた。黄色いジャージのみっちゃんが、ときどき倉庫のなかでダンスを踊った。

おふくろさんは驚いた顔で、通りのむこう側でいきいきと勤労に励むシゲルを見つめていた。

「真島さんのお店でアルバイトしてると思ったら、あの子こんなところで」

「このあとうちでもちゃんと働いてくれますよ。シゲルはうちだと甘えちゃうから、お金にならなくともボランティアをしたい。そういって、自分でこの施設を探したんです。あいつはほんとにえらいやつだ。そう思いませんか。もう引きこもりじゃない」

となりの座席にいるおふくろさんの肩が震えだした。

「ありがとうございます。こんなによくしていただいて」

「おれよりうちのおふくろにいってください。うちも母子家庭なんです。それよりもう一日でも早くホームベースはやめたほうがいい。あそこはよくない噂が多いですよ。シゲルも外にでて働けるようになったんだし」

作業着をきたおふくろさんがうなずいた。

「わかりました。今度、本部にいってみます。退会するって」

「それはよかった」

おれは静かにクルマをだし、おふくろさんを要町まで送り届けた。シゲルが店にくるまでには、ちゃんといつものように店番にもどれることだろう。

だが、ホームベースも甘くはなかった。シゲルからの電話は翌日の午後イチだ。

「マコトさん、今クボタさんが帰ったとこなんだ」

声が震えている。

「なにがあった？」

「なぜだか、お母さんは昨日退会をもうしでたらしいんだ。そしたら、急にうちに押しかけてきた」

予想外だった。普通の会社のやり口ではない。

「クボタはなんていってた」

「契約書があるから、即刻の退会はできない。こちらの都合でやめる場合は会費六カ月分と違約金として会費三カ月分支払う契約なんだって。やめるなら支払ってくれって」

あわせて九カ月で合計四百五十万円。日本人の平均年収より高額だ。まだひと月ほどしか世話になっていないのに。最後に本性をむきだしにしてきたというわけか。

「お母さん、パニックになっていて、心配でたまらないよ。なんとか払うしかないっていってる」

「待てよ。絶対に払うんじゃないぞ。クボタはつぎにいつくるんだ」

「明日だよ。ぼくの交流会があるから」

「よし、折り返しかけるから、そこで待機しててくれ」

通話を切り、池袋のキングにかけた。事情を説明する。さすがに仕事が早かった。その日のうちにシゲルとおふくろさんを、Gボーイズの弁護士につないでくれる。やはりもつべき友は、庶民の心がわかる王族だよな。

水曜日の午後三時十五分まえ、おれとタカシはシゲルのマンションのドアのまえに立っていた。外廊下をクボタとシモオカがやってくる。また黒いスイングトップだ。おれたちを見るとクボタは微笑を崩さずにいった。

「もうしわけない。梅原さんに話があるんだ。きみたち、ちょっと道をあけてくれないかな」

金属の扉のむこう側ではシゲルとおふくろさんがきき耳を立てている。おれはいった。

「今日はカメラまわさないのか。なら、おれが撮影しとくよ」

スマートフォンをとりだし、ムービーを撮り始めた。クボタの表情は変わらないが、若いシモオカは露骨に嫌そうな顔をした。

「梅原さんの親子は、おたくのホームベースからいっしょに今すぐ退会したいそうだ。おととい届け出もしている」

クボタの顔つきは変わらなかった。おれは外廊下の手すりのむこうに目をやった。池袋のガラスの要塞が遠く曇り空のした光っている。

「子どもの遊びじゃないんだ。そうかんたんにはいかないんだよ。契約書では途中退会には六カ月分の会費と三カ月分の違約金の支払いが記されている。四百五十万すぐに払ってもらえれば、退会は自由だよ」

余裕の表情。だがタカシもその手の顔なら負けていない。背中から大判の封筒をだして、クボタに渡した。

「うちが懇意にしている弁護士事務所からだ。梅原さんはホームベース被害者の会にはいった。そちらは今、集団訴訟を抱えているんだろ。自立支援は立派だが、あくどい金儲けは問題だ。弁護士はおたくの契約書には問題が多いといっていた。退会時の違約金について、口頭での説明はなかったそうじゃないか」

クボタは封筒を受けとった。若いシモオカは上司のほうをむいていった。こいつの胸板もクボタに負けずに分厚い。体力自慢の間抜けだ。

「こんなやつ、やっちまいましょうよ。べらべら屁理屈がうるせえんだ、チンピラが」

待てと叫んだのはクボタだった。シモオカは池袋のキングをしらないようだった。体力で圧倒しようとタカシの胸倉をつかみにくる。今年流行(はや)りのMA－1タイプのブルゾンの襟をシモオカにつかませて、タカシはおれを見た。

「この男先に手をだしてきたよな。ちゃんと撮ってるか」

おれは苦笑していった。

「ああ、とんでもないアホウだな」

タカシはつかまれた襟口を振りほどくように左右に肩を振った。シモオカのがっしりとしたあごの先をタカシのちいさな弧を描く右のフックがかすめた。距離は三十センチほどしかない。ブルゾンの襟をつかんだまま、がくりとシモオカはひざを折った。外廊下にへたりこむ。クボタはじっとタカシを見ていった。

「なにか格闘技をやっているんだな。つぎにここにきたとき、また会おう。カメラがまわってないときにな」

タカシは余裕の表情だった。

「残念だが、つぎはないんだ。その封筒のなかの文書に書いてあるんだが、ホームベース側は梅原親子への直接の接触は禁止だ。これからはすべて弁護士をとおしてくれ。まあ、あんたとやりあえないのはもったいない気もするが」

クボタはしぶとい笑みを浮かべたまま、よだれを垂らしたシモオカを引き起こし外廊下を去っていった。背中が見えなくなると、ドアが爆発するかのように開いた。シゲルが裸足で飛びだしてくる。

「ありがとうございます。どうなるか、心配でたまらなかった。キングって、ほんとうに強いんですね」

おふくろさんは玄関のなかで、深々と頭をさげていた。タカシはちょっと不機嫌な顔をした。誰かに直接感謝されるのが苦手なのだ。キングは東京人らしい含羞（がんしゅう）の人である。

「おれたちはもういくよ。シゲル、あとでまた店番手伝ってくれ」

「はい！」

タカシとおれはＧボーイズの白いボルボにのりこんだ。巨大なＳＵＶは滑るように池袋の街を走りだす。タカシにいった。
「おれたちって、ほんとシングルマザーに弱いよな」
おれもタカシも父親はいない。そのせいで損をしたとも傷ついているとも思わないが、同じ境遇のやつには、無暗（むやみ）になにかをしてやりたくなる。
「弱いのはマコトだけだ。おれは違う」

また不機嫌そうな顔。素直じゃないやつ。キングはいう。

「あのもぐらの家なんだが、Gボーイズの店の廃品回収も頼めるか」

タカシの息がかかった若いやつらむけの店は池袋駅周辺だけでも十数軒はある。廃品も大量だ。きっとそこそこの金になるだろう。

「ああ、みんなよろこぶよ。とくにみっちゃんとシゲルがな」

タカシが不思議そうな顔をした。サイドウインドウの背後には西口五差路のマルイのイルミネーションが輝いている。全館セールの最中なのだ。

「みっちゃんって誰だ」

おれはなにもしらない王さまにいった。

「きっとおまえも気にいって、いいダチになると思うな。なにせ、みっちゃんはタカシによく似てるから」

おれもタカシも、みっちゃんと同じなのだ。池袋の街の底でなんとか毎日をやりくりしている。いらなくなったゴミを集めて、好意をあげたりもらったりしながら。あとは礼儀正しく、クボタとは違うほんとうの笑みをいつも浮かべているのだ。おれはキングの横顔を見て、つい漏らしてしまった。

「おまえって、いいやつだな」

タカシはおれを見ずに夕焼けの街をむいたままぼそりという。

「おまえは間抜けだ、マコト。早くおふくろさんの手伝いにいけ」

かちんときたが、あの電光のような右フックに免じて許してやろう。おれはそれから三分間、うちの果物屋のまえに着くまで無言でキングとオレンジに染まる冬の池袋西口を眺めていた。

絶望スクール

絶望を学ぶスクールがあるのを、しっているだろうか。

日本人のほとんどが気づかないうちに、そいつは全国で無暗に増殖し、私立大学の総数より多くなっている。繁華街ならどこの駅まえにもあるのだ。無理もないよな。文科省の許可などなくてもいくらでもつくれるし、金とやる気さえあれば、店を開いたり、会社をつくるのと同じくらい絶望スクールの創立はカンタン。不動産屋だの、飲食チェーンだのといった街の手の早い資本が群がっている成長ビジネスだ。

しかもこのスクールには将来の心配もない。日本人むけの学校は少子化でどこも経営難だが、日本語を学びたいという海のむこうの若いやつはまだたくさんいる。ベトナム、ミャンマー、ネパール、カンボジアといった国々では、現在日本語ブームの真っ最中。おれたちはもうこの国は下り坂だとうつむいているが、多くの貧しい国から見たら日本は丘のうえに建つきらびやかな高層マンションみたいなもの。スポーツジムがあり、最上階にはプールがあり、暗闇のなか豪奢に光をまき散らす。

豊かでおしゃれなニッポンで日本語を学びながら、手軽なアルバイトをするだけで月に二〜三十万の大金が手にはいる。日本語能力試験でN1かN2をとっておけば、将来的には自国の日系企業での就職も夢じゃない。そうすれば一気に格差の梯子をうえにのぼれる。勝ち組の一丁あがりだ。

平均月収二〜三万円の貧しいアジアの国々から、巨額の借金を背負い、若者たちは黄金の国ジパングにやってくる。そして絶望を思いしることになる。まばゆいゴールドはすべて金メッキ。夢の国も、やってくれば自分の国と同じようにみな欲張りで、手早い金儲けに飢えている。投げこまれるのは、留学生ビジネスという脱出できない黒い渦のなかである。

なあ、おれたちは若いやつらの夢をくいものにするビジネスを、いつまでも放っておいていいのだろうか。いつか確実に働き手が不足するだろう近未来、留学生をつかい潰すこのシステムを続けていたら、誰も日本で働きたいと思わなくなるんじゃないか。

コンビニで弁当をあたためてくれるアジアの同胞の流暢な日本語をききながら、おれはときどき不安になる。おれたちは金の卵を産むニワトリを、日々唐揚げにして消費しているだけではないか。かりかりのフライドチキンをワンパック百九十八円に抑えこむための秘密兵器、人間コスト削減機としてな。

だから、あんたもたまにはコンビニのレジの浅黒い肌をした外国人の胸のプレートに目をやってみるといい。グエンやアンやゴックやナニンは、アルバイトをしていないとき、どんな暮らしをこの街で送っているのか。どんな学生生活をエンジョイしているのか。あるいはそいつがどんな地獄の学園生活か。

なにもかも安くて便利ならそれでいい。誰が犠牲になってもかまわない。そういうのは平成デフレが生んだ悪しき思考停止なのだ。

春の空は例年どおり不安定だった。

数日おきに気温は乱高下し、池袋の街でも風邪が大流行。おれはアホの代表なので、インフルエンザも風邪もかかることなく元気に過ごしたが、おれの周りはみな沈没。鬼のおふくろやGボーイズの永世キング・安藤崇でさえインフルで倒れたんだから、タフさをすこしは評価してもらいたいものだ。果物屋の店番の皆勤賞には、表彰状も金一封もないんだけどね。

よかったことといえば、咲いたとたんに気温が冷えこんで、いつまでも花見ができることぐらい。おれの場合、サクラの名所なんかには絶対いかない。店を閉めた真夜中、ひとりでふらりとウエストゲートパークにいき、工事中の円形広場をひとまわりするくらい。東京人の花見なんて、そんなものだ。皇居のお堀や上野公園や目黒川に群がるのは、みんな地方出身者だからな。そこのところは忘れないように。

よく晴れた四月初めの昼まえ、めずらしい顔が店をのぞきこんできた。カーリーヘアに再流行中のMA－1タイプのフライトジャケット。ジーンズの足が長い。顔はすこしとぼけた三枚目面（づら）だが、百八十五センチを超える身長のせいで、なんちゃってイケメンである。イチゴのパックをおいて、声をかけた。

「なんだよ、キミア、急にどうした？」

工業高校の昔むかしの同級生・中沢（なかざわ）紀見亜だった。あのころはキラキラネームをずいぶんクラスメイトがからかったものだが、今ではキミアくらい普通。沙亜音流や雅亜瑠や亜成留なんてのもある。いくら馬鹿親でも女の子にアナルはないよな。キミアは無印の茶色い紙袋を目の高さにあげた。

「昼めしの配達。マコトはまだだろ？　いっしょにくわないか、ちょっと頼みたいことがあるんだ」

注文もしていないのに全自動ウーバーイーツか。おれが返事をするまえに、店の奥からおふくろがいった。

「あら、キミアくん、お店繁盛しているんだってね。今度お友達連れてたべにいくからね」

キミアは60通りの裏で、無国籍居酒屋をやっている。刺身もパスタもフォーもだす店「モンスーン」の堂々のオーナーシェフだ。ちなみにモンスーンは季節風のことな。東アジアから南アジア、インド洋周辺、さらにアフリカ大陸の東部まで、地球の半周くらいで吹き荒れる烈風だ。キミアは満面の笑みで、おふくろに会釈した。

「いい席空けて、お安くしときますんで、よろしくお願いします。マコトを借りていいですか」

おれはおふくろの所有物じゃない。だが、うちの店にきたやつはみな、おふくろの了解を求める。気にさわる。

「ああ、そんなやつでも役に立つなら、つかってやっておくれ。ただでいいからね」

おれは街のトラブルではほとんど金をとらない。けれど、人に値札をつけられると無暗に腹が立つ。

「うるせえな、おれの値段はおれが決める。いこうぜ、キミア」

デニムのエプロンを丸めてレジのしたに放りこみ、おれはおふくろに視線もむけずに店をあとにした。キミアが背中でそつなく、別れの挨拶をこなしている。

「まったくマザコンでしょうがないやつだな。じゃあ、お借りします」

着手料百万円にしようかな。おれはおふくろと同級生を無視して西口公園に足をむけた。

円形広場をぐるりととりまく金属製のパイプベンチに腰かけた。頭上では散り始めたソメイヨシノがまだ咲いている。おれはサクラは好きでも嫌いでもない。

「今度はここが野外劇場になるんだよな」

キミアがおれにハトロン紙の包みをくれた。中身はわからないがいいにおいがする。

「ああ、クラシックのコンサートや芝居なんかもできる多目的な施設になるとかいってたな。Gボーイズの集会にはつかわせてくれないだろうが」

半透明の紙包みを開いた。でかい。長さ二十センチはあるフランスパンのサンドイッチだった。野菜と焼いた鶏肉がたっぷりだが、見たことがない形だ。キミアはGボーイズの創設時の中心メンバーのひとり。昔はタカシといっしょに池袋にある多くのチームを束ねるために、ずいぶんとムチャをしていた。特攻（ぶっこみ）のK。

「もう集会にはずいぶん顔をだしてない。青春の一ページだな」

そうするといまだにGボーイズとつるんでいるタカシやおれは、青春の尻尾をいつまでもひきずっているのかもしれない。

「これ、おまえの店でだしてるのか。なんていうサンドイッチなんだ」

「バインミー、ベトナム風のサンドだよ。いいからくってみろ」

おれはぎゅっとパンを潰して、ひと口かみついた。パンは思ったよりもやわらかで、レバーペーストとライムと魚醬(ぎょしょう)の味が抜群だった。生のタマネギがいい歯ごたえ。おれはエスニック料理全般が好きだ。

「こいつはうまいな」

「ああ、今じゃうちの店の一番人気のランチメニューになった。今度、キッチンカーをつくって、ビジネス街に送りこもうかと考えてる。それと、こいつも」

紙コップをわたされた。コーヒーのいいにおい。頭上に張りだすのはびっしりと花をつけたサクラの枝。ひと口すすった。甘いが、うまい。練乳がたっぷりはいったコーヒーだった。

「セットドリンクのベトナムコーヒーだ。あうだろ？」

正面の円形広場は工事中だが、今は昼休みなので静かなものだ。重機も伸びをした恐竜のように空高くバケットをあげて静止している。

「へえ、ベトナムづいてるんだな」

キミアが渋い顔をした。

「まあな、マコトへの相談もベトナムがらみだ」

「ちょっと待てよ。おれはベトナム語話せないぞ」

「だいじょうぶだ。むこうが日本語を話す。このバインミーのレシピを教えてくれたアルバイトの女の子だ」

女の子？　キミアはこのルックスなのだが異常に奥手で、高校以来ずっと女がらみの噂をきいたことがない。店はもっているが、今も独身だった。

「驚いたな。なんだ、それ。その子が微妙に気になるとか、そういうことか」

バインミーをひと口でかくかじって、キミアがソメイヨシノを見あげた。花びらが薄青い池袋の空から数枚落ちてくる。

「おれにはそういうのは、よくわからん。だが、とにかく気にかかるんだ。留学生はいろいろと問題があってな。一番気にかかっているのは、働きすぎについてなんだ」

おれは着々とベトナムサンドを平らげていった。

「これ、ほかにも味があるのか。いくらなんだ？」

「サラミとか、ポークとか、白身魚のフライとかあるぞ。ひとつ四百八十円で、コーヒーつきだ」

おれもうちのダットサンを改造して、キッチントラックをやりたくなった。丸の内のＯＬには人気絶大になりそう。

「働きすぎのなにが問題なんだ。日本は物価も高いから、バイトも必要だろ」

「留学ビザでアルバイトをするのは、ぜんぜん問題はないんだ。ただし上限が週二十八時間に決まっていて、入国管理局に違反がばれると本国に送還されちまう。いい子なんだが、最近すごく疲れているみたいでな。様子がおかしいんだ。うちは週二十八時間を守ってるんだけどな」

週に二十八時間か、月に四週として百十二時間。東京なら時給千円はいくから、十一万と少々。税引き後は九万台か。ひとり暮らしで学費を自分で払うとしたら、もうアウトだろう。

「その子はおまえのところのほかでも働いている可能性がある……のかもしれない」

「まあ、そういうことだ。ちょっと調べてもらいたい。おれがきいても、働いているとは絶対いわないからな」

「名前は?」

「ミンだ。グエン・タイ・ミン。二十一歳。出身はホーチミン市の郊外で、埼玉みたいなとこだそうだ」

ベトナムの埼玉か。ぜんぜんしらないけど感じはわかる。周囲は一軒家と畑ばかり。畑を耕すのに牛はまだ使用しているのだろうか。

「だけど、仮にミンがオーバーワークだったとしたら、おまえはどうすんだ?」

「まだわからん。おれもどうしたらいいか、迷ってる。いい子だし、勉強熱心だし、うちの店の客にもスタッフにも受けはいい。きちんと日本語学校を卒業して、日本で仕事が見つかるといいと思うけど、それは何年も先のことかもしれないし」

ミンの就労状況を探ること。簡単な仕事だった。何日か張ればすぐにはっきりするだろう。あとはキミアに報告しておしまいだ。

「それとな、北口のラブホ街の手まえにある日本語学校しってるか」

「ソープのむかいだっけ」

池袋は駅まえに堂々とソープランドのある副都心だ。おれは嫌いじゃない。いや、積極的に好きだ。ソープでなく、そういう街の在りかた自体が。

「そこにあった雑居ビルが改装されたんだ。昔、違法カジノの手いれがあったとこ。今はＪＡＰＡＮ国際交流学院という学校になってる。ミンはそこで紹介されたんだ」

ちょっと驚いた。学校がアルバイトの斡旋もするのか。そちらも要チェック。

「ミンは今日はランチタイムに二時間、夕方五時から三時間はいってる。その時間にめしでもくいにきてくれ。彼女の顔を確認してほしい」

「了解。七時にいく。店のほうの景気はどうだ」

甘いベトナムコーヒーをのんで、キミアはため息をついた。

「おふくろさんは繁盛してるというが、飲食はたいへんだ。競争は激しいし、流行りもすぐに変わる。よそとの削りあいだな。人を大切に、あきらめない、手を抜かない。おれ、最近、工藤のおっさんのいってたことがほんとうだなって実感するよ」

工藤は工業高校の実技の先生。ＮＣ旋盤の操作法を教わった。時間はかかってもいいからていねいに、きちんと素材の声をきき、自分に切れず、あきらめずにコツコツ仕事をする。

そいつは池袋の街でトラブルを追いかけるときも、まったく同じコツだった。

ウエストゲートパークからの帰り道、おれは北口に足を延ばした。線路わきの淋しい道をてくてく歩き、元違法カジノがあったビルを見学にいく。八階建ての古びたビルからは巨大な看板が張りだしている。ＪＡＰＡＮ国際交流学院。英字と漢字って落ち着かない校名。

おれは通りのむかいのガードレールに腰かけて、しばらく日本語学校を眺めていた。たくさんのアジア系外国人が吸いこまれていく。60通りをぶらついているような、すこしヤンキーがかったやつもけっこういる。女もプロ的な格好をしたのが何人か。ダウンジャケットにマイクロミニのスカート。足は日本人よりまっすぐ伸びているように見える。

二階の窓に留学生アルバイト斡旋、国際交流リクルートとパソコンで拡大した文字がプリントして貼られていた。見ているだけではなにもわからない。ちょっと話だけでもきいてみるか。おれはあたたかな春の日に背中を押されて、日本語学校を初めて訪問するために、二車線の通りをわたった。

一階は留学生でごった返していた。壁際のベンチでは勉強している者も、ランチをたべている者もいる。右手が学校の事務局のようだ。壁に貼られているのは日本とアジアの観光名所のポスター。白川郷の合掌(がっしょう)造りとタイのビーチがならんでいる。

おれは奥のエレベーターホールわきにある階段をのぼった。誰もこちらのことを気にかけていない。ビルのなかで迷子になった振りをして、あちこち見学してみよう。二階から七階までが教室で、最上階が広いホールになっていた。入学式や卒業式にでもつかうのだろうか。元は細かな会社がたくさん入居していたオフィスビルだったようで、それが全部教室になっていた。扉はガラス張りで、なかがよく見える。

何階だか忘れたが、のぞきこんだ教室でおれは目をみはった。中年の日本人の教師が淡々と黒板にむかって、文法の要点を書いている。最前列にはノートを広げて、勉強熱心なやつが一列。まあ、そこまではいい。だが、教室の奥では堂々とポーカーをやっている生徒が二組いた。ものすごく熱くなっている。バイト代でも賭けているのだろう。

さすがにおれがいた工業高校でも、授業中のポーカーや花札はなかった。勉強熱心な最前列とギャンブルに熱中する後列のあいだの中間地帯は、ほとんどの学生が机に突っ伏して眠りこけていた。なんとなく事情は想像がつく。みな時給の高い深夜勤務のアルバイトをしているのだろう。なるほどな、日本語学校ってこんな感じなのか。

二階にむかっておりがてら、さらに教室をのぞいていった。さすがにポーカーはもう見なかったが、多くの教室で学生の半分くらいが堂々と眠っていた。まあ朝まで働いて授業にくれば、眠くなるのはあたりまえだよな。居眠りについては、おれもなにもいえない。

工業高校だろうが日本語学校だろうが変わらない。午後の授業って、空気のなかに無力化ガスでも混ぜてあるみたいに眠くなるからな。

「いらっしゃいませー！」

二階の国際交流リクルートの磨り(す)ガラスの扉を引くと、居酒屋みたいな挨拶が四方から飛んできた。学校の付属機関の雰囲気はまったくない。カウンターのむこうにいるのは、いちおうスーツは着ているが茶髪のあんちゃんたち。学校というより、ひと昔まえの独立系携帯ショップみたい。今と違って、ごりごりの営業トークがすごかったよな。

「こちらにお座りください」

金髪の職員に声をかけられた。カウンターまえにある椅子に座る。パイプ椅子のすこしいいやつ。黒のスーツに、紙テープみたいに細い銀の糸を織りこんだ黒のタイ。ホストか、こいつ。名刺をさしだして、体育会系の礼をする。国際交流リクルート、人材フィッター、諸橋慎吾(もろはししんご)。クリップボードをおれのほうにむけた。

「どんなお仕事のアルバイトをお探しですか」

おれはボールペンをとって、住所氏名と電話番号、それにうちの店の屋号を書いていった。

「駅まえの果物屋の店番なんだけど、バイトを探すなら、ここがいいってきいて」

「ああ、はいはい。で、何人必要ですか」

受け答えの妙に軽いやつ。店番のほうはおれだけで十分。正直なところ、もうひとり雇えば赤字に転落するようなちいさな店だ。

「ひとりだけど」

シンゴはメモをとっていく。

「最初はひとりでも、うちならすぐ人を増やせますから。留学生の管理体制もしっかりしてますよ。遅刻や無断欠勤は本部が許さないですから」

ちょっと引っかかる。そこまでアルバイトに口をだしているのだろうか。

「本部って、ここのこと?」

シンゴは顔をあげて、営業スマイルを見せた。

「いえ、うちの学院全体です。それは管理体制が厳しいんで」

なにをいっているのか、意味がわからない。生徒の管理が厳しいなら、授業中に居眠りをしたり、ポーカーをしたりするのを放置するはずがないだろう。学校ではゆるく、仕事先には厳しい。どういう学校なんだ。

「えーと、それからうちでは指定の振込先にアルバイト代は振込んでもらってます」

話をきくほど、あやしくなってくる。

「それは留学生個人のやつなのかな」

振込先の名義は重要だ。

「ええ、そうですが、管理はうちのほうでやっています。ここだけの話、留学生には計画性のないルーズなタイプもおりまして、学費や寮費をつかいこんでしまうのが、たまにいるんです。銀行口座はうちのほうで管理しています。これも、当学院の教育方針のわかるでしょうという目で、にやつきながらおれのほうを見てくる。わかるはずもないが、おれは調子をあわせておいた。

「まあ、外国人だからしかたないな」

「そうなんですよ。だけど、ともかくみんなまじめに働きますから。なにせ学校を放りだされたら、留学ビザが切れて、本国に即送還ですから。そしたら残るのは借金だけです。むこうでいくらがんばっても、返せるはずもない。地獄ですよ」

だんだんとこの学校の形が見えてきた。勉強にはさして熱心でなくとも、アルバイトには必死にならなきゃいけない。そういうシステムなのだ。

「みんな豊かな家の出身じゃないのか。日本に留学にくるくらいなんだから」

おもしろくもなさそうに、シンゴはいった。

「そういうのは少数ですね。たいていは親に仕送りなんてもらってないですよ。あいつらすごく貧しいから。むこうじゃ月収一、二万なんてざらですから」

成田までのチケット代金を考えた。航空料金だけで、年収が吹き飛びそうだ。

「おたくの学院の学費って、いくらくらいなの」

「年八十万ですね。これは考えられないくらいの大金ですよ。あの子たちからしたら」

おれはだんだん沈んできた。口先だけシンゴにあわせておく。

「仕送りがないとしたら、生活費と学費をぜんぶアルバイトで稼ぎださないといけないんだよな。そいつは厳しいな。だけどさ、週に二十八時間とかいう制限があるんだろ」

シンゴはわかりやすい動作で、左右を見回した。

「そうですね。夏休みなんかの長期休暇のときは、週四十時間になるんですけど。ここだけの話、二十八時間を超えて働かせたいっていうなら、それもありですよ。振込先を別な通帳にして、ふたりの留学生が働いているように見せることも、うちならできますから」

これだけきけば十分だった。

「パンフレットかなにかないかな。ここの学院とアルバイト斡旋のやつ。うちのオーナーに帰って説明しなくちゃいけないんだ。今日は初めてだから、話をききにくるだけのつもりでさ」

「はい、了解です。どうぞ」

カウンターのしたからパンフレットを二部だしてくれる。表紙には、今はなき噴水が見える。新緑のウエストゲートパークを留学生の男女が笑いながら歩く写真がつかわれていた。男も女もすらりとして、おしゃれだ。日本語を勉強しながら、アルバイトもできて、こんなきれいな街で暮らせるのだ。ＪＡＰＡＮ国際交流学院か。東南アジアのどこかの田舎でこのパンフレットを見たのなら、夢のように違いない。池袋がディズニーランドに見えることだろう。まだまだＪＡＰＡＮの看板には威力があるのだ。

「それじゃあ、また」

「毎度ありがとうございます」

またも威勢のいい居酒屋風の挨拶。

おれは妙に淋しい気分で席を立った。

まっすぐに帰って、店番にもどった。おれは池袋の街についてなら、たいていのことはわかっていると思っていた。だが、実際はまったく違っていた。歩いてほんの五分のところに、あんな日本語学校があり、故郷の年収何年か分を支払いながら、留学生が学んでいることさえぜんぜんしらなかったのだ。
おれはアジア的な音楽がききたくなり、ＣＤラックから伊福部昭の一枚を抜いてきた。音楽はみな配信サービスに切り替わりつつあるけれど、おれは断然ＣＤ派だ。小説も音楽もやっぱり、リアルに手にとれないとな。
店先のＣＤプレイヤーでかけると、めずらしくおふくろが反応した。
「あら、これはなんだかなつかしい曲だね。祭ばやしみたい」

『日本狂詩曲』は若き日の伊福部がパリのコンクールに応募した出世作。中央の音楽界ではまったく無名で、北海道の森の管理をしていた若者が一位をとったのだから、たいしたもの。戦後はゴジラのテーマばかり有名になっちまったけどね。

「今夜、ちょっとでかけてくるよ。遅くなるかもしれない」

おふくろの目が鋭くなった。

「キミアくんの仕事かい」

「そう」

「じゃあ、ぞんぶんにがんばっておいで」

あごの先でリズムをとりながら、そういった。やはり日本の作曲家には理屈抜きで伝わるところがあるのかもしれない。うちのおふくろは落語の出ばやしや、江戸の端唄(はうた)なんかが意外に大好きなのだ。

60通りの先には白く輝くサンシャインシティがそびえていた。近くで見ると、びっくりするほどでかいビルだ。夜になって通りは混雑していた。映画館にゲーセン、カフェにブティック。どの店も勝手に音楽を流しているので、ノイズがひどい。最近の流行りは台湾発のタピオカいりミルクティで、若い女たちの行列ができている。来年には消えちまっているのだろうが。

目的の「モンスーン」はユニクロの角を左に曲がった先にある。階段をあがった二階で、木製の扉を引いた。バリ島かどこかのアンティークのテーブルを加工した重いドア。

「はい、いらっしゃいませー！」

どこかエキゾチックなイントネーション。おれは紺のトレーナーに生成り（きなり）のエプロンをつけた女と目があった。肌は浅黒く、眉とまつげが濃い。眼球のおおきさが普通の日本人とは、直径比で一・二倍はあった。ぎりぎりでバランスを崩しそうなところを踏みとどまって、かなりの美人といった感じ。胸のプレートを見る。ミン、この女だ。

奥からキミアの声が響いた。

「お客さま、カウンター端へどうぞ」

木彫りの人形や敷物が飾られた店内をミンのあとについていった。身長は百六十にすこし足りないくらいか。エプロンの腰がやけに細い。テーブル席の七割は埋まり、カウンターにはおれひとり。というより、ひとり客はおれだけだった。人気のデートスポットなのだろう。おしゃれなカップルだらけ。カウンターの奥からキミアが他人の振りで声をかけてくる。

「うちはパッタイがおすすめですよ」

面倒なのでメニューを見ずに即決した。別にめしをくいにきたわけじゃない。

「じゃあ、それで。あとビールを」

「バーバーバーでいいですか」

よくわからないが、うなずいておいた。おれは店内を観察した。厨房にたぶん三人。フロアはミンのほかにふたり。年上の男と若い女。こちらは日本人だ。ミンは確かに動きがゆっくりしていた。

料理の皿を運ぶにも、日本人のウエイトレスがカクカクと素早い動きなら、ミンはすこしテンポの遅い丸い動き。見ているとどこか南の島のダンスを感じさせるところがある。キミアが叫んだ。

「ミン、お願いします」

濃い眉毛のミンが笑顔で、料理をもってきてくれた。裏のない笑みというか、底抜けの無邪気さというか、日本の女ではあまりみない類(たぐい)のスマイル。このスマイルがゼロ円なら、疲れた日本の男たちはみな断然支持するだろう。

「お待たせしました」

これから尾行をする相手だった。おれはかぶっていたキャップを深くして顔をさげた。米麵のタイ焼きそばとラベルに333とあるビールの小瓶がおりてくる。

「ごゆっくりどうぞ」

にこにこしたままそういって、細い腰の背中が去っていく。酸っぱい味の焼きそばと水のように淡いのみ口のビールが、なかなかの相性だった。ミンはアジア無国籍料理のこの店の雰囲気にもあっているし、癒(いや)しのオーラを生まれながらにもっている。おれが思うより、替えが利かない戦力になっているのかもしれない。

焼きそばを平らげて、トイレにいく振りをして席を立った。店の奥の麻縄ののれんがさがった先がトイレだった。おれが通路で待っていると、キミアがやってきた。モンスーンと英語ではいった黒いTシャツ。先に声をかけた。

「なかなかべっぴんだな。元気がないようには見えなかったけど」

店長は声を殺していった。

「それはおまえが最初のころのミンを見てないからだ。あのころが太陽なら、今は月だ」

そんなに光っていたのか。ベトナムの埼玉産の太陽。

「おれは店をでて、ミンの尾行をする。これから何日か追いかけてみるから、ミンのバイトのシフト送っておいてくれ。わかるなら、学校のほうも」

「わかった」

ポーカーをしていた教室を思いだした。

「そういえばJAPAN国際交流学院みてきたよ。おれたちの高校より荒れてたな」

キミアが険しい顔をした。

「うちよりもか。マコト早いな」

「おまえもオーバーワークすすめられなかったのか」

二十八時間以上働かせることも可能だとシンゴはいっていた。

「すすめられたが、昔ネパールの留学生を雇っていて、いきなり飛ばれたことがある。あとで事情をきいたら、オーバーワークが入管にばれて強制送還されたそうだ。おれはミンにそんな目にあってほしくない」

のれんを分けて若い女がやってきた。おれはなにもいわずに、キミアから離れた。席にもどり会計をする。レジにやってきたのはもうひとりの日本人のウエイトレスだった。現金で支払い、レシートを受けとった。これくらいの経費は請求してもいいもんな。

ミンのバイトが明ける八時には、「モンスーン」からすこし離れたところでガードレールに座り、スマートフォンを見ている振りをしていた。どこかのママタレがアニメのキャラ弁当をつくったとか、パイナップルをたべるだけで三週間で十五キロ体重を落としたとか、ジャンクなPR情報ばかり。日本のネットはいかれている。まあ、世界同時に痴呆化が進行中なのかもしれない。

　気になったのは八時ちょうどに、店の階段まえに男がふたりやってきたこと。ひとりは日本人風でシンゴのような黒い細身のスーツを着ている。もうひとりは上下暗いグリーンのジャージで、ダウンベスト姿。こちらはあきらかに東南アジア系の外国人だった。階段のうえを見あげている。ミンを待っているのはおれだけではないようだった。

　五分過ぎ、赤いダウンを羽織ったミンが階段をおりてきた。ふたりを見るとミンの顔色がくすんだ。照明のスイッチを切ったようだ。急に暗くなる。外国人風がミンにひと言声をかけた。

　男たちのあとをミンがうなだれながらついていく。おれはキミアに見せるために、スマートフォンで写真を撮った。夜八時の60通りは真昼のようなにぎわい。そのなかでミンは自分の存在感を完全に消していた。東京には五十万を超える外国人がいるというが、ほとんどはこんなふうに自分を殺して暮らしているのだろう。

　どうりで、日本人には見えないはずだった。

三人は池袋駅にもどっていく。そのままウイロードをくぐり、西口のほうにでるのかと思ったら、線路わきで右に折れた。東池袋の繁華街にはいっていく。こちらは狭い路地の両側にストリップ劇場やファッションヘルス、ビデオボックスなんかがある半分風俗街だ。先にいくと新文芸坐があるから、映画好きならよくわかるだろう。おれが黒澤明の時代劇を最初に観たのは、ここの映画館だった。『用心棒』と『椿三十郎』には本気でびびった。どえらい才能だ。

男たちとミンはペンシル型の雑居ビルでエレベーターにのりこんだ。一階がラーメン屋、二階からうえは全部スナックやガールズバー、それにヘルスと盛りだくさんの風俗ビルだ。おれは通りに面したエレベーターで階数表示を確認した。五階に停止する。案内板を読んだ。ガールズバー「会いランド」。店のロゴの周囲をとりまくのは、図案化されたハイビスカスの花。「モンスーン」で週に二十八時間働いたあとは、ガールズバー「会いランド」か。完全にオーバーワーク決定だ。

キミアの悪い予感は的中。おれはビルの全景と店のロゴを撮影した。

さて、これからどうするか。

時刻はまだ八時十五分。ここで待っていてもしかたないだろう。ガールズバーに潜入するという手もあるが、それはまだ先にとっておきたい。最近の池袋は風俗街も不景気で、ガールズバーやクラブの女たちも、終電まえには帰されるという。ミンには学校もあるし、それほど遅くなることもないだろう。

ひとり言が漏れた。

「尾行の的を変えてみるか」

風俗街の四つ角にはまだ電話ボックスがあった。原色のウロコのようなデートクラブのチラシがびっしり。九十分一万八千円。風俗の料金もデフレだった。昔は二万円が普通で、高い店は二万五千円が相場。じりじりと低価格化がすすんでいるのだ。おれはチラシを何枚か手にとって、どこの店の娘を呼ぶか検討中の振りをした。

さっきのふたりがミンの客で同伴でもしているのでなければ、すぐにおりてくるだろう。春とはいえ、日が沈んでからはやけに寒い。おれは薄着できたことを後悔していた。足元から寒さがはいあがってくるし、風がやけに冷たかった。足踏みをしながら、男たちを待つ。

五階からエレベーターがおりてくるまで十分とはかからなかった。扉が開くと、男たちは左右に視線を走らせて、夜の街にでていく。東口の風俗街はこれからが本番で、ぎらぎらと輝く電飾で始まったばかりの夜を圧倒していた。

日本人と外国人のふたり組は風俗店の誘惑に目もくれず、P′パルコの角を曲がった。ウイロードはJRの線路のしたをくぐる長い地下通路だ。二百メートルはある。いつも下手くそなギター弾きがいて、きくにたえない自作のラブソングをうたっているのだが、その夜は違っていた。通路の入口にバンドネオン弾きがひとり。なかなかの腕前で、アルゼンチンタンゴを弾いている。アストル・ピアソラ。音楽好きなおれは立ちどまって、ゆっくり『天使のミロンガ』を全曲とおしできききたかった。でも残念ながら仕事中。

男たちは北口にでると、暗い線路わきを歩いていく。けっこう長く尾行しているし、この先は人どおりがすくないので、おれは距離をだいぶ開けた。ここまでくれば、やつらの目的地がどこなのか、わかってきた。

デートクラブのチラシを捨てて、尾行を続ける。黒いスーツと緑のジャージは予想どおりラブホテル街の手まえの日本語学校に吸いこまれた。上階の教室の明かりは消えているが、二階の国際交流リクルートはまだ煌々と灯りを漏らしていた。

　どうやら、ここに今回のトラブルの中心がありそうだ。


「なんだい、早いじゃないか」

　おれの顔を見るなり、おふくろがそういった。

「もうひとりで晩ごはんはすませちまったよ」

　震えながら店の横にある階段にむかった。

「こっちもすませた。ひと風呂あびて、あったまる。このあとまたでかけなくちゃいけないんだ」

　おふくろはまんざらでもない顔をして、おれを見た。

「なんだい、今回はけっこうまじめな探偵みたいだね」

　愚かな女にはつきあっていられない。ぎしぎしと音を鳴らしてだいぶ擦り減った木製の踏み段をあがる。

「そうそう、夜食におにぎりをつくっといたよ。それとこの音楽いいじゃないか。あれからずっとかけてるよ」

「はーい、そいつはよかったな」

伊福部昭の『日本狂詩曲』がかかる酔っぱらい相手の池袋の水菓子屋。それがおれんちだ。こんな暮らしを東南アジアからきた留学生があこがれるかどうか、微妙なところだよな。

風呂の準備をして、辛塩の鮭がたっぷりはいったおにぎりをたべながら、おれはメモをとった。最近は手帳はつかわず、ほとんどスマートフォン。うちのおふくろは昔の人間なので、甘塩の鮭は認めない。大量の塩が鮭の旨味を引きだすと信じているのだ。血圧も高くなっているので、すこしは気にしてもらいたいものだが。

JAPAN国際交流学院と国際交流リクルート、それに謎の男たち。どうやら学校が管理しているらしい留学生の預金口座。週二十八時間を超えるオーバーワーク。荒れ放題の教室。ミンのほうは居酒屋のアルバイトのあとで、強制されているように見えるガールズバーの夜勤が問題だった。

おれは熱めの風呂にのんびりつかり、骨の芯まで身体をあたためた。風呂からあがると、ネットで日本語学校やアジアからの留学生について調べ始める。あと出入国管理及び難民認定法についてなんかもな。しちめんどくさいが、高校までまったく勉強というものをしたことがないおれには、大人になってからの勉強は趣味みたいなもの。案外たのしいよ。あんたも試したらどうだ。

　十時すぎにはコートのしたにダウンシャツを着こんで、また池袋の街におりた。変装用にニットキャップと野球帽をもつ。おふくろのいうとおり。ほんとに探偵みたいだ。


　十時半まえには「会いランド」のエレベーター近くで、おれは待機していた。この時間でも東口風俗街のネオンサインは明るく、客引きも絶えることはない。先ほどの男たちの姿は、今度は見えなかった。

　すぐにエレベーターがおりてくる。おれは通りをはさんで、駅から遠いほうへ十五メートルばかり離れ、ビル壁にもたれて立っていた。人は目的地の方向以外はあまり視線をやらないものだ。エレベーターからおりたミンは、疲れ切った様子で視線を落としたまま、とぼとぼと池袋駅にむかっていく。おれはニットキャップをかぶって、ミンのあとを追った。

　ＪＲ池袋駅ではなく、西武池袋線のホームに移動していく。ミンはどうやら定期をもっているらしかった。おれはスイカで自動改札を抜けた。この時間は学生や会社員の酔っぱらいが多く、深夜のラッシュアワーの雰囲気。けっしてがらがらというわけではない。氷みたいな春の夜風が吹くホームで飯能（はんのう）いきの急行にのりこんだ。ミンのとなりの車輌だ。おれはミンの動きがよく見えるように連絡通路の窓にもたれた。

うまく空席を見つけられたようで、座るとさっそく教科書（たぶん）を開いていた。暖房で蒸し暑い急行が発車して十分、ミンはがくりと首を落とし眠りこんでしまう。無理もない。昼からほとんど働きづめなのだ。

おれはしばらく隣の車輌で眠る女の横顔を眺めていた。遠く離れた北の異国の初めて名前をきく街で働く。その名はＩＫＥＢＵＫＵＲＯ。おれは生まれ育った街が、とっくの昔にグローバル化を起こしていたのだと、真夜中のラッシュに揺られながら痛感していた。

なあ、あんたも最近、自分の住んでる街が世界にそのままつながっていると感じたことはないか。そしたら、あんたも立派な現代日本人だ。テレビでやってる薄気味悪く薄っぺらな「ニッポン万歳番組」なんかとは違ってな。

所沢駅の手まえでミンは目を覚ました。眠っていたのは十五分弱か。きょろきょろとあたりの風景を見回している。といっても西武池袋線のこのあたりは、駅のあいだは暗い畑や林ばかり。ミンは所沢駅で電車をおりた。

おれもあとに続く。ホームには日本のサラリーマンが半分、残り半分はミンのようなアジアからきた留学生のようだった。会社員は西口東口に分かれていくが、留学生はみな東口の改札を抜けた。時刻は十一時二十分近くで、駅まえの店はみなシャッターをおろしていた。並ぶ客のいないタクシーの行列だけが明るい。

留学生の集団はぞろぞろと暗い夜道を歩いていく。十五分ばかりすると周囲をマンションに囲まれた茨原東公園という狭い児童遊園があった。その公園のむかいにある三階建てのハイツが目的地だった。看板がちゃんと立っている。ＪＡＰＡＮ国際交流学院・所沢学生寮。エレベーターのない外階段の安普請だが、おもしろいのは同じ部屋に何人かがはいっていくことで、どうやら個室ではないらしい。

アルバイトの銀行口座も管理するくらいだから、この寮のほうもうまく甘い汁を吸っているのだろう。おれはぼんやりと殺風景な学生寮を見あげながら、だんだんと日本語学校のやり口の全体像が見え始めていた。

学費をとり、寮費をとり、その金を留学生に確保させるために、アルバイトの斡旋もする。もしかしたら、紹介料といった名目でバイト代から、いくらか引いているのかもしれない。学校に籍をおく限り、生活のすべての項目から金をとられるのだ。だが、留学生は簡単に学校をやめることはできなかった。

学生である証明がなければ、留学ビザはおりない。ビザがないのに働けば不法就労で国外退去である。うまくできたビジネスだった。学校という名の完璧なブラックビジネス。学生寮を撮影してから、スマホの時計を見た。十一時四十分すぎ。

あわてて児童遊園のなか、ネットの乗換案内を確かめる。西武池袋線の終電は十一時五十八分の準急だった。そいつを逃せば、所沢駅まえでビジネスホテルをとるか、マンガ喫茶に泊まるしか手がない。さすがに所沢から池袋のタクシー代金を、キミアに請求するのはむりがある。まあ、やつは飲食店のオーナーだし、事情を説明すればそれくらいの金はだしてくれるだろうが、おれの庶民感覚が許さない。

というわけで、おれは終電めがけ、真夜中の所沢の住宅街をでたらめに駆けることになった。いや、ほんとにおしゃれな副都心のトラブルシューターはたいへんである。


人間、散歩やランニングのあいだはいろいろなことを考えるものだ。おれはミンがおかれた立場を考えてみた。テンポよくジョギングシューズをまえにだしながら。きっと日本に渡航するのに、ミンは支度金をつくるため借金をしていることだろう。最初から金もちなら、だいたい日本にはこないのだ。

中国でもベトナムでもカンボジアでもいい。ほんとうの金もちは子女をアメリカに送る。アメリカの私立大学の授業料は五百万から高いところで一千万。年間でな。教育のコストは高いがレベルも高いし、英語も覚えられる。もちろん留学生は働いたりせずに、勉強漬けにさせられる。元はとらなくちゃな。

留学生でも貧しくて、成績のよくないやつは、日本を選ぶ。国際的な留学生獲得競争では、日本は二番手以下なのだ。

おれたちは日本にあこがれ、夢を見てやってきた留学生を、こんな形でつかい潰しているのか。おれが暗い夜道を駆けながら、だんだん落ちこんでいったのにはちゃんと理由があるのだった。

終電にはなんとか間にあった。汗だくになったので、準急のなかではダウンシャツを脱いだけどな。最終の池袋いきなんて、誰ものってないと思うだろ。でも、案外そうでもないのだ。なにより例のＪＡＰＡＮ国際交流学院の留学生がけっこうな数のっている。

終電に揺られて真夜中、東京に働きにいくのである。

それはそうだよな。おれたちが朝のコンビニで買うおにぎりや弁当は、半分以上が留学生によってつくられている。二時間ばかりネットサーフィンをしただけで、目からウロコの事実が無数にでてくる。ＪＡＰＡＮのコンビニの無敵のコンビニエンスは、すでに留学生が支えているのだそうだ。

池袋駅に到着したのは深夜十二時半。おれはまっすぐ家に帰り、布団に倒れこんだ。頭のなかは新しい情報と見たことのない景色であふれそう。

いやはや、世のなか意識しないと見えないことって、たくさんあるもんだな。

つぎの朝はゆっくり朝寝をした。市場への買いだしはパスする。まあ、肌寒い春先はそんなに果物も売れないので、ほんとうなら週に一度豊島市場へ顔をだせば十分なくらいだ。

おふくろのお気にいりになった『日本狂詩曲』を店先でかけながら、十一時にのんびり店開きをしていると、おれのスマートフォンが鳴った。着信はキミアからだ。

「おはよ、昨日はたいへんだったぞ。あとで電話しようと思ってたとこだ」

「マコト、ちょっと抜けられるか」

キミアの声が切羽詰まっていた。

「どうした、なにかあったのか」

やつは近くにいる誰かに声をかけたようだった。やさしい声。

「ああ、まずいことになった。すぐにおまえに話があるんだ。うちの店にこられるか」

店を開けるのは力仕事だった。おふくろにまかせるわけにはいかない。

「十五分くれ。店を開けたら、そっちにいく」

「わかった」

通話は切れた。おふくろがおかしな顔でこっちを見ている。

「なんだか、今度の件はやけにいそがしいんだね。キミアくん、だいじょうぶなのかい」

おれはわからないといって、フロリダ産のオレンジが詰まったダンボールをもちあげた。ひと箱十五キロ。地球を半周運んできても、一個百円といううちの店の売れ筋商品だ。船賃や重油ってそんなに安いのかな。

おれが速足で60通りを折れて「モンスーン」にむかうと、キミアが店の階段のまえで意外な人物と待っていた。ガールズバーで働き、オーバーワークの嫌疑が濃厚なミンだ。驚いたのは、ミンが泣いていたこと。キミアはおれの顔を見るといった。

「急にすまないな、マコト」

おれと店長の関係をばらしてもいいのだろうか。おれが口を閉じていると、キミアが続けた。

「こいつは真島誠。おれの高校の同級生で、池袋の街でなんでも屋をやっている。トラブルシューターというか。こんな格好をしてるけど、なかなか腕はいいんだ。頭もな」

キミアがいい終えるまえに、かぶせぎみにミンが叫んだ。

「わたし、グエン・タイ・ミンいいます。うちのお兄ちゃんを捜してください。お兄ちゃんの名前はグエン・タイ・アイン」

意味がわからなかった。ミンに兄がいるなんて初耳である。おれの腕にすがりついて、泣きながら頼みこんできた。

「お願いします、マコトさん。昨日から学校も、アルバイトも休んでいて、夜は寮にも帰らなかったんです」

なめらかな日本語だった。こういうときには、別な回路が働いて言葉の壁など跳び越せるのかもしれない。

「所沢の寮か」

「そうです。部屋の人にきいたら、もどってこなかった。顔を見てないって」

おれは昨夜、気になったことをきいてみた。

「学生寮は何人部屋なんだ」

ミンが目を見開くと、目玉がこぼれそうだった。

「えっ、はい、四人でひとつ部屋」

ついでにきいてしまおう。

「寮費は月いくらだ」

「四万八千円ですけど……あっ、あと光熱費が五千円」

四人部屋なら十九万二千円。どう考えても所沢駅から徒歩十五分なら、二・五倍以上のぼったくり価格だった。光熱費もワンルームで二万もかかるはずがない。さすがブラック・スクール。

「キミア、留学生が姿を消すって、どういうケースが多いのかな」

「さあ、おれもよくしらないけど、帰国するとか、不法滞在で働くとかかな」

ミンがぶんぶんと音がするほど首を横に振った。

「それはないです。ないないです」

おおきな目から大粒の涙がこぼれた。キミアがいう。

「店の従業員にミンのこんな顔を見せたくない。近くのカフェにいかないか」

おれたちは60通りにもどり、チェーン店のカフェにはいった。スタバでなく、コーヒー一杯二百円の日本のチェーンだ。


アイスオレふたつとミルクティをもって、通りが見えるテーブルに座った。誰もマックブックのキーボードをぱちぱちしていない静かな店だった。スタバは嫌いじゃないが、ノマドワーカーの騒音はひどいよな。

ミンにいった。

「どうして兄貴は帰国しないんだ」

ホットのミルクティにスティックシュガーを四本いれて、ミンはかき混ぜている。よほど甘いのが好きなんだな。

「ベトナム帰っても、借金返せない。アインが帰るはずないです」

「アインにも、ミンにも借金があるんだ？」

ミンのまわりの空気が急に薄くなったようだった。借金は人が吸いこむ酸素さえ薄くする。おれもおおきな金を借りるのはやめておこう。

「うちのお父さんが、家と畑を形(かた)にして銀行から借金しました。わたしたちふたりの留学費用。日本でわたしたち働かなければ、お父さん破産します。家も畑も銀行のものになる」

キミアが静かな声で質問した。

「借金はいくらだ」

ミンはその場で縮んで見えなくなりそうだった。背中がどんどん丸くなる。

「アインとわたしあわせて、三百万円くらい」

ベトナムのひとりあたりＧＤＰは二〇一七年で二千三百ドル台。日本円にして年二十五万円だ。平均月給は二万というところか。単純に十倍としても、日本人の感覚だと三千万の巨額の借金だった。

「そんなもの背負いこんで、みんな日本にきてるのか」

おれはキミアと目を見あわせた。コンビニや居酒屋で働く名前もしらない留学生の背後には、そんなストーリーがある。ミンは顔を伏せて泣いていた。

「わたし、日本は天国だと思っていた。勉強しながら、アルバイトして、ベトナムの十倍も稼げる。街はきれいだし、みんなおしゃれで、やさしい。たのしいこと、たくさん。でも違っていた。地球のうえに天国ないです。どこにもない。天国はない」

呪いと悲哀のつぶやきだった。今度顔を伏せるのは、おれの番だった。世間をしらない愚かな若者といえば、そのとおりだろう。だが、ミンや兄のアインにインチキな夢を売っている日本語学校や留学斡旋のブローカーに責任はないのだろうか。

なんとかミンを守ってやれないか。おれは顔をあげて、キミアを見た。やつの目にもおれと同じ光を見た。日本人だって、留学生をくいものにする強欲なやつばかりじゃないところを見せてやろうじゃないか。キミアが腹から声をだした。

「マコト、ミンの兄貴を捜してくれ」

なぜだろうか。おれがかかわるとトラブルはだんだんと深くなり、泥沼化してくる。まあしかたないだろう。地球に天国はない。池袋にも天国はないのだ。

「今すぐでなくていいから、兄貴の友達とか、立ち寄りそうな場所を書きだしてくれ。おれがあたってみる」

ミンは頭をさげた。

「ありがとうございました」

お礼が過去形でもおれは気にしない。

「アインが見つからなくて、不法滞在になって強制送還されたら、そのときうちのお父さんは破産です。マコトさん、早くお兄ちゃんを見つけてください。そうでないと、わたし……」

ミンがなにかをいいにくそうにしている。

「わたしがお兄ちゃんの分の寮費を払わないといけない。そうしたら、わたしももっとオーバーワークしないといけなくなる」

キミアはそれだけでわかったようだった。ミンは週二十八時間を超える仕事をしている。まあ、そいつが東口風俗街のガールズバーだとはまだしらないが。

「なあ、キミア、こいつはおれだけの手には負えそうにない。タカシのところをつかってもいいか」

一瞬、キミアの顔に暗い影がさした。おれはこいつがなぜGボーイズをやめたのか、理由をよくしらなかった。返事がこない。おれは重ねていった。

「東京の人捜しには、マンパワーが必要だ。おれだけじゃ、ミンのおやじさんがすぐに破産するぞ」

口を真一文字に結んでいたキミアが、ようやくいった。

「……わかった、タカシに頼もう」

それからおれたちは「モンスーン」のランチ営業が始まる十二時直前まで、ミンから情報を絞りだした。おれのスマートフォンに、ベトナム人留学生の闇がずっしりと溜まっていく。日本中でコンビニをつかうやつにも分けてやりたいくらいの、反吐がでるような情報だ。

60通りのカフェをでて、おれたちはキミアの店にむかった。そこでおれたちを待っていたのは、きのうの国際交流リクルートのふたり組。黒スーツと深緑のジャージだ。

黒スーツの日本人がキミアを見ると会釈を寄越した。

「おはようございます、中沢さん。ちょっとミンに話があるんですが、いいですか」

目を泣きはらしたミンを見ても、まるで動じた気配はない。ジャージの外国人は強面で、ずっとミンをにらみつけ圧力をかけていた。キミアは一歩も引かなかった。

「加瀬さん、今、ミンから相談を受けていたところです。お兄さんの体調が悪いらしくて、どこかにいなくなってしまった。行方を捜すのを協力してくれないかってね。なにか無茶なアルバイトでもアインにさせてるんじゃないですか」

目を細めて、浅黒い肌の外国人がキミアをにらみつけた。夜のウエストゲートパークなら、この視線だけでなぐりあいが始まるだろう。ジャージの男がひと言低く叫んだ。

「チェット・ディー・ドー・グゥ」

ミンの顔が青くなった。日本語でいう。

「ミン、おまえ、おれたちがいうとおり働けばいいんだ。兄貴の分まで、ちゃんと働け。学院にちゃんと金をいれろ」

黙っていられなくて、おれも口をはさんでしまった。

「ミン、今、この男なんていったんだ」

キミアの陰に隠れるようにしているミンが、おれのほうをすがるように見た。

「ほんとうのことをいっても、いいんですか」

キミアとおれがリクルートのふたりからミンを守るように立ちふさがる。ミンの声はひどく電波の弱いスマホみたいだ。かすれて遠い。

「殺すぞ、バカ野郎……です……ベトナムの、とても悪い言葉」

キミアのほうから熱風が吹いてきたようだった。Gボーイズの特攻隊長だったころのドスがもどっている。ジャージのベトナム人に目を据えたまま店長がいう。

「おまえ、名前は？」

「ヴァダン。それがどうした」

気がついたら、キミアがベトナム人に飛びついていた。ダウンベストの胸倉をつかんで、相手を揺さぶっている。

「池袋でおれになめた口をきくな。ぼろぼろにすっぞ」

ヴァダンはそれでもにやにやと笑うだけだった。閉じた唇のすき間から漏らす。

「ドー・グゥ」

キミアが右の拳を引いた。おれはやつの手首をつかんでいった。

「やめとけ。おまえの店のまえじゃないか」

キミアとヴァダンのあいだに身体を割りこませ、ふたりを引きはがす。おれは黒いスーツにいった。

「国際交流リクルートの加瀬さんだよな。ここはいったん引いてくれないか。キミアはほんとに切れるとなにをするかわからないんだ」

加瀬がいった。

「あんた、池袋のなんでも屋の真島だな。ヴァダン、やめておけ。それでもうちの大切なお客さまだ。まあミンはもうダメかもしれないが、つぎのアルバイトをまた派遣させてもらいますよ。中沢さん、そのときはごひいき、よろしく」

リクルートのふたり組が60通りへと歩いていく。学校関係者というより、企業舎弟と外国人の用心棒という感じ。キミアはまだ怒りで震えていた。背中越しにミンにきく。

「うちの店がダメって、どういうことだ」

ミンが泣きそうな声でいった。

「あのふたりいいます。金がないなら、ガールズバーでもっと働け。それでもダメなら、デートクラブでも、ヘルスでも紹介してやる。兄貴の分もあわせてふたり分、学費と寮費をきちんと納めろ。おまえの人生はおれたちのものだって」

日本にも池袋にも天国はない。そんなことはよくわかっていた。だが、おれとキミアはミンに一瞬でもいいから、天国を見せてやりたくなった。そんなことはやつに確かめなくともわかる。おれたちは同じ教室でずっと居眠りしていた仲なのだ。「モンスーン」の店長がおれの肩に手をおいていった。

「マコト、うちの店でランチくっていけ。あとで作戦会議だ」

おれはかつての工業高校の同級生の横顔を見た。すっかりGボーイズの特攻隊長の顔にもどっている。

「ああ、ミンの手づくりバインミーがいいな。いこう」

そこでおれたち三人は、天国ではない60通りから季節風という名の店にむかった。

「おはようございます、マコトさん」

ミンがうちの果物屋にやってきたのは翌日の昼すぎだった。カーペンターパンツにジージャンと白T。今年流行りのカジュアルだ。首元には黄色いバンダナをゆるめに巻いている。

「ああ、今日から三日ばかりよろしくな」

おれが店の奥から挨拶を返すと、おふくろが目を丸くした。

「なんだい、マコト。今度の子は東南アジアかい。あんた、かわいいねえ。あたしは国籍で人を差別なんかしないからね、どんどんおやり」

ミンはにこにこしている。おれはエプロンを脱いで、レジのしたに放りこんだ。

「若い女子にやるとか、いうな。ちょっとキミアの用事ででてくる」

おふくろはおれの格好をきつい目で、さっと掃くように見た。

「せっかくのデートなんだから、ジャケットくらい着ていったらどうだい」

「デートじゃない、人捜しだ」

ミンがぺこりと頭をさげていった。

「グエン・タイ・ミンもうします。わたしも全身ユニクロです。ベトナムにはお店がなくて、すこし高いけど若者に大人気なんですよ。今年の秋にホーチミン店がオープンするって、すごく話題になってます」

へえ、そうだったのか。平均月収が二万円の国では、確かにユニクロも高級品なのだろう。おふくろが顔を崩して笑った。

「ミンちゃんっていうんだ。よかったら、今度うちに晩ごはんたべにおいで。日本の家庭料理をごちそうするよ。マコトは口はわるいけど、なかなかここの熱いやつだから、よろしく頼むよ」

自分の胸をたたいて、そんなことをいう。見合いではなく、失踪したミンの兄を捜すトラブルシューティングなのだが。話が長くなりそうなので、おれは池袋駅のほうへさっさと歩きだした。ミンとおふくろはそれから二、三ターン短い会話を交わしている。おれの機密情報が漏れるとたいへんだ。西一番街の出口で振りむくと、おれは叫んだ。

「ミン、早くこいよ。兄貴を捜すんだろ」

ミンは真新しいテニスシューズで、おれのほうへ駆けてきた。白い靴がまぶしい。とくにミンだからというわけじゃないが、若い女が走ってくる姿って、けっこういいよな。

おれたちがむかったのは、池袋東口。グリーン大通りのビジネス街にある鶏料理の専門店「とり富久」だった。うえには証券会社や旅行代理店が入居してるビジネスビルの地下一階にある、そこそこの高級店だ。障子風の自動ドアの両脇には地下なのに、竹の鉢植えがならんでいる。

ウエイトレスに事情を話すと、ランチタイムがすぎて半分も客がいないフロアを厨房のほうへとおされた。中年の料理人がでてくると、チッと舌打ちしていった。

「急に無断でバイト休むし、まったくつかえねえなあ。うちの店のほうじゃ、ただ迷惑なだけで、やつの行方なんてわかんないよ」

ミンはちいさくなって、うつむいている。鶏を焼く脂のにおいがする。おれはいった。

「学校も休んで、寮にも帰っていないんです。この何日かで、アインにおかしな様子はなかったですか」

「あいつアインっていうのか。皿洗いのバイトの名前まで、いちいち覚えてないからな。あのJAPANなんとかいうとこから紹介されるバイトは、ちょくちょく飛ぶんだよな」

「そうですか、今バイトの人、誰かはいってますかね」

「ああ、営業時間中はいつもいる。奥にいって、きいてみな」

おれとミンはぬるぬるすべる厨房を一番奥までいった。料理人たちが無言で働いている。どん詰まりの薄暗い照明のなか、東南アジア風の顔をした若い男が両手に緑のゴム手袋をつけ、泥水のようなシンクから食器をさらっている。下洗いをして業務用の大型食洗機に放りこんでいく。きっとこれがキッチン最下層の仕事なのだろう。

ミンが男にベトナム語で声をかけると、男はゴム手袋をとって、短くなにか返事をした。おれは男の表情と爪を見ていた。爪は全体がロウのように半透明に白く変色している。

「ダメです、マコトさん。ライさんはまだここのお店きたばかり、兄さんのことはぜんぜんしらないって」

「そうか、その爪はなんで白いのかな」

ミンが訳してくれた。若い男は中指の爪をかんでなにかいった。ミンがいう。

「洗剤が強いんだって。ゴム手袋をしていればいいけど、たまに暑かったり、かゆかったりして手袋脱いで直接この水さわると、爪が病気になるって」

「アインの爪も白くなってたのか」

ミンが恥ずかしそうにうなずいた。

「はい。そうでした」

世界第三位の経済大国・日本の首都東京でおしゃれな語学留学をするのは、決して楽なバカンスじゃないようだ。


アインのバイト先のあとは、また北口にもどってきた。ＪＡＰＡＮ国際交流学院は、アルバイトの斡旋だけは熱心だが、セキュリティはゆるゆる。警備員なんていないし、学生でなくとも出入りは自由だった。

おれとミンは廊下でアインのクラスの授業が終わるのを待った。終了の合図はなつかしいチャイムだ。キンコンカンコーン。ミンは教室をでていく学生の流れに逆らって、なかにはいり残っていたやつに声をかけた。おれにはベトナム語はわからないが、ミンが自己紹介をして、兄の行方をきいているのはわかった。何人かがしらないと肩をすくめた。

するとタチの悪そうな三人組がやってきた。ポロシャツの胸元からタトゥとゴールドのネックレスがのぞいている。世界のどこにでもいるよな。バッド・イズ・クール。悪そうなほどカッコいいと思ってるやつ。虫でも払うようにミンに手を振り、早口でなにかいった。ミンがいい返す。男たちがミンに詰め寄った。

「ちょっと待ってくれ」

おれはミンと男たちのあいだに割ってはいった。

「アインの行方がわからないと、学費も寮費も借金も払えなくなる。故郷の親父さんが破産するんだ。同じ国の仲間だろ。なにかしっていたら教えてくれ」

ミンが訳した。男たちはにやにや笑いをとめない。ひとりがいった。

「ドー・グゥ」

バカ野郎だか、殺すぞだかのベトナム語。こいつらはダメだ。リーダー格の男が右手をうしろにまわした。なにかを抜きだす。あせった。ナイフかと思った。だが、やつがおれの顔に突きつけたのは、トランプのカード。ジョーカーだ。

「ふざけるな。イチかバチかの勝負を張って、ここまできてるんだ。負けたら、全部なくす覚悟でな。アインの親父が破産して、なにが悪い。そんな話はこの学院じゃごろごろしてる。さっさと帰れ、日本人」

命がけで日本にやってきて、日本語を学ぶのか。教室のほかの学生たちも、おれたちに注目している。ここでトラブルをおおきくするのは、得策ではなかった。ヴァダンや国際交流リクルートの社員もくるかもしれない。こちらにはミンもいる。

「わかったよ。今日のところは、帰らせてもらう」

教室のうしろの戸口をでるとき、おれは振りむいて叫んだ。

「アインが行方不明になって、妹のミンが困ってる。なにかしってるやつがいたら、ミンに教えてやってくれ。おれは無関係な日本人だが、ミンはベトナムの同胞だろ」

反応はゼロ。誰も目をあわせようとしてくれない。教室の闇は深い。


国際交流学院をでて、ぶらぶらと池袋駅にむかった。ミンはおれから数歩遅れて、背を丸めついてくる。自動販売機のまえで立ちどまると、いきなり泣きだした。顔をおおうとかいう感じじゃなく、ぼろぼろと大粒の涙を落とす。嵐みたいな泣きかた。

「アインがもう死んでいたら、どうしよう。ママとパパにどういえばいいの。わたし、もうダメだ」

通行人がおれをヒモかＤＶのボーイフレンドのような顔で見ていく。おれはミンの肩に手をおいた。

「こんなところで泣くなよ。もうすこしいけば、うちの店だから、話ならちゃんときくから」

おれは線路沿いの道を、ミンの肩越しに見た。ソープの看板がとりつけられた電柱に身を隠しているガキがいる。ジーンズに黄色のＴシャツ。肌は浅黒い。教室からつけてきたさっきの男たちの仲間だろうか。ひとりだ。

「ミン、きいてくれ。おれたちをつけてきてるやつがいる。このままうちには帰りたくないから、その先の駐車場にはいるぞ」

涙目で見あげて、ミンはいう。

「だいじょうぶ？　マコトさん」

おれは武闘派じゃないが、ミンは女子だ。守らなきゃならない。

「なんとかする。きてくれ」

線路沿いの通りには、フェンスで囲まれた野外駐車場があった。クルマではほぼ埋まっている。駅から二、三分でこんな広い駐車場があるなんて、都心の繁華街では池袋くらいだよな。おれとミンは、駐車場にはいるとすぐに黒い大型ミニバンの背後に隠れてガキを待った。

小柄なカラーTは、駐車場にやってくると左右を恐るおそる見まわしている。きっとおれたちのゆき先を調べてこいと命令された下っ端なのだろう。道路のほうからクラクションが鳴ると、驚いて跳びあがった。気のちいさなやつ。こいつなら、おれでもかんたんにあしらえそうだ。

「おい、おまえ」

おれはミンを残して、ミニバンの陰からでた。八の字眉をしたガキがあわてて左右を確認する。誰かほかにも尾行がいるのだろうか。おれも警戒した。

「さっきの教室から、おれたちをつけてきてるよな。なんの用だ？」

両手をあげて、自分のてのひらに隠れるようにガキが身を縮めた。

「待ってください。ぼくは敵じゃない。味方です」

うさんくさいガキ。

「ほんとか」

ミンがおれの背中から顔をのぞかせた。

「もしかして、レコンさんですか」

「そう、そうです。ぼく、アインの友達」

授業にもどらなければならないというレコンを連れて、おれたちは黒いミニバンの陰にしゃがみこんだ。おれといっしょのところを、人に見られたくないとやつはいう。周囲にはおれたち三人以外誰もいないのに、声をひそめてレコンはいう。

「さっきの三人組は、ヴァダンの部下です」

おれは深緑のジャージを思いだした。チェット・ディー・ドー・グゥ。殺すぞはやつらの口癖か。

「ヴァダンって、なにものなんだ」

顔をしかめて、レコンはいう。

「ベトナムの暴力団。むこうの留学ブローカーから送りこまれて、学生の管理をしている。悪いやつ。あとは、いろいろな犯罪も」

おれのアンテナに電波が流れた。緑のジャージのヴァダン。あいつが今回の黒幕か。

「その犯罪について、教えてくれないか」

レコンは風が起こりそうなくらい激しく左右に首を振る。

「ムリです。ムリムリ。ぼくが話したとばれたら、ぼく殺される。これ、ほんとです」

留学生にそれほど恐れられているのか。

「でも、別のことなら話せる。それで勘弁してください」

おれは横に座るミンを見た。ミンは赤い目でうなずいてくる。

「わかった。アインのことなんだろ。話してくれ」

はあーとため息をついて、レコンは口を開いた。黄色いカラーTのわきと胸が汗で黒ずんでいる。

「これだって、ほんとはめちゃくちゃやばいんだけど」

ミンが両手をあわせて、仏像でも拝むようにレコンを見あげる。

「レコンさん、兄さんのことならなんでもいいから、教えてください」

自分のジーンズの太ももを叩いて、レコンがいった。

「わかった、アインの妹さんに頼まれたら、嫌だとはいえない。さっきの三人組はヴァダンのリクルート係なんだ。アインは先週あの三人とポーカー勝負をした。それで大負けして借金をつくったんだ。額はわからない。それでアインはどこかに身をくらませたんだと思う」

それでやつらはいつもトランプをもち歩いているのか。おれは教室の後方でポーカーをしていた学生たちの姿を思いだした。

「アインはバカだ。あいつら組んでイカサマするから、絶対に勝負にのらないようにって、いっておいたのに」

「リクルート係ってことは、借金ではめた相手をヴァダンの手下に送りこむってことか」

「そうだよ。それでいろいろな犯罪をやらせる。うちのクラスでヴァダンにつかわれてるやつは何人もいる。教室のなかじゃ、ミンがかわいそうだと思っても、誰もしゃべれないよ」

レコンは明るい春の駐車場を、戦場にでもいるように慎重に見わたした。

「いいかな、ぼくはアインのことは話したけど、ヴァダンについてはなにもいってない。誰かにきかれたら、そういってほしいんだ。ヴァダンにだけは狙われたくない」

「ああ、わかった。おれとミンはアインについて、話をきいただけだ」

レコンは駐車場からでていこうとした。

「ぼくもアインのゆき先はわからないけど、一度RGホールディングスを調べてみたらいいと思う。あそこならヴァダンも手をだせないから」

あきれた。日本にはベトナムギャング団が、そんなにあるのか。

「RGなんとかって、やばいとこなのか」

レコンが初めて笑った。

「ぜんぜん違うよ。インスタ映えで有名なところ。ネットで調べたら、すぐにわかるよ。じゃあ、ぼくは教室にもどるから。ぼくが話したことは秘密にしてくれよ」

黄色いTシャツの薄い背中が去っていく。レコンは実にアジアの同胞って感じだ。

おふくろはおれの顔を見ると声を殺していった。

「昼間っから、変なことするんじゃないよ」

鉄壁の無視の視線を送り、おれはミンにいった。

「二階におれの部屋がある。汚いとこだけど、あがってくれ」

おれたちふたりがのぞきこんだのは、学習机のうえに開いたアップルのノートパソコン。普段は執筆用につかっているやつだ。グーグルの小窓にRGホールディングスといれる。即座に三十万件以上ヒットした。

「なんだ、こいつ」

ミンは画像を指さしていった。

「あっ、このお店もＲＧだったんだ」

ディスプレイには、タピオカミルクティの「宝催堂」、スフレパンケーキの「アントワネット」、バインミーの「ミセス・サイゴン」、チョコレート小籠包(ショウロンポウ)の「恋恋酒家」といった店がずらり。どの店もデコレーションがカラフルで、インスタ映えすると若い女たちに人気のようだ。当然ながら、おれはひとつもしらなかった。宝催堂のタピオカミルクティは一度のんだことはある気がしたが、店の名前までは覚えていない。

「ミンはこのＲＧホールディングスって、しってるのか」

おおきくうなずく。なんだ、だったらググるより、きいたほうが早かった。

「日本にいるベトナム人でＲＧホールディングスをしらない人のほうがめずらしいよ。留学生から、億万長者になったベトナム人なんて、ＲＧしかいないから」

人気の飲食チェーンをいくつも所有する立身出世のベトナム人実業家か。おれはＲＧホールディングスのホームページを最後のほうまでスクロールしていった。

ストライプのスーツを着てうっすらと口のうえにヒゲをはやしたハンサムが、カメラではなく右手上方を見あげている。こいつがリチャード・ゴックか。本社は西新宿の高層ビルの五十三階と五十四階だった。

この億万長者とは一度会って、話をする必要がある。

善は急げ。

おれはスマートフォンですぐに代表番号に電話をかけた。

「はい、ＲＧホールディングスでございます」

よどみない日本語。たぶん日本人だ。

「代表のゴックさんにお話があるんですが。こちらは池袋の真島誠といいます」

おれの名前をきいても、まるで感動がないようだ。

「どのようなご用件でしょうか」

「池袋北口にあるＪＡＰＡＮ国際交流学院からベトナム人留学生が姿を消した。その男の妹が行方を捜しているんだ」

優秀な秘書のようだ。こんなおかしな案件でもまったくあわてない。

「ちょっとお待ちください。秘書室におつなぎします」

電子音のモーツァルトがきこえたのは数秒だった。妙に手慣れている。

「はい、お電話かわりました。社長秘書室長のサータム・クエットです」

「真島誠です。姿を消した留学生を、妹さんの依頼を受けて捜しているんですが」

探るような声だった。

「はあ、そうですか。なぜうちに電話をおかけになったんですか」

「アインのクラスメイトからききました。一度調べてみるといいって」

秘書室長は落ち着いた声でいった。

「電話だけでは、信用できません。身分証明書をもって、依頼人の妹さんといっしょに、こちらまで足をお運びいただけませんか」

わけがわからない急展開になってきた。ここまできたら、いくしかないだろう。

「わかりました。学校もアルバイトも休んで、寮にも帰っていないんです。アインの家族も心配しています。一時間後にうかがいます」

「わかりました。お待ちしています」

通話はすぐに切れた。さっきのレコンの連絡先をきいておけばよかった。おれにはRGホールディングスと失踪した留学生のつながりがまったく予想できなかった。リチャード・ゴックの会社は二千人近い社員がいるという。普通ならそんな会社が留学生ビザしかもたない一学生の失踪に関与するはずがなかった。

「ミン、今、学生証もってるか」

おかしな顔をしてうなずき返してくる。

「ありますけど」

「じゃあ、これからすぐに新宿にいくぞ」

おれたちはＪＲ池袋駅にむかうことにした。店のわきの階段をおりていくと、おふくろがにやにやしながら声をかけてきた。

「マコト、やけに早いじゃないか。ミンちゃん、もっとゆっくりしていいんだよ」

ミンはうちのバカ母にていねいに頭をさげた。

「つぎはもっとのんびりさせてもらいます。お母さん、大好き」

そのひと言でおふくろの顔がとろけた。恐るべし、ミン。アメリカにも戦争で勝つわけだ。


西新宿の超高層ビル街って、散歩するには最高だよな。

通りの幅が広く、緑も多く、池袋みたいにごみごみと店が建てこんでいない。失踪した兄を追うのでなく、ミンとふたりだけのデートなら、まったくもうし分ないのだが、あいにくおれたちには大切な用事があった。

どこかの生命保険のビルのエレベーターにのりこんだ。おれは大理石張りのホールとか苦手なので、すこし緊張してしまう。五十三階でおりると、ミンといっしょにＲＧホールディングスと金文字の描かれたガラス扉を押した。受付のカウンターには美女がふたり。こういう仕事はやはり顔でとるのだろうか。身近な容姿差別。

受付嬢にガラス張りの接客ブースにとおされた。仕事ではなにもかも透明性を求められる。そのうち人間も透明になるのかもしれない。おれとミンが待っていると、五分ほどでベトナム人がふたりやってきた。

おれはのけぞりそうになった。ひとりはジーンズに高価そうなジャケットを着たRGその人だったのだ。するともうひとりの大柄なあごひげが、秘書室長のクエットか。ガラスの戸を引き、ガラスのブースにはいってくると、ふたりはていねいにお辞儀をした。おれはあわてて立ちあがり、お辞儀を返す。

おれとミンは身分証をだした。クエットがそれをスマートフォンで撮影する。

「おふたりの確認はすみました。アインさんの妹さんのミンさんですね」

秘書室長が身分証を返しながらそういった。

「今、アインさんはわたしたちのセーフハウスで保護しています」

おれはあっけにとられていた。急成長中の飲食チェーンにきたと思っていたが、ほんとうはベトナムの諜報関係だったのかもしれない。おれの顔を見て、RGがいった。

「わたしも昔はオーバーワークで稼がせてもらいました。最初の店をだす資金は、友人から借りた分とアルバイトでためた金です。銀行は当時は厳しくてね。今も困っているベトナムの同胞を見ると、じっとしていられなくて。今うちの社で働いている七百人の相談にものっているのです」

秘書室長がいった。

「日本の法律にふれるような者には手をさしのべないが、一定の条件を満たした困窮者を保護するセーフハウスを、わが社では準備している。アインくんは今、そこにいる。住所だ」

名刺を一枚ガラスのテーブルにすべらせた。西新宿四丁目。中央公園のむこう側、すぐ近くの住宅街だ。ミンにうなずくとクエットがいった。

「わたしのほうから連絡をいれておく。お兄さんときちんと話をしてきなさい、ミン」

おれはじっとリチャード・ゴックを見つめていた。ひとつどうしてもききたいことがある。

「リチャードさんも一留学生から始めたんですよね。どうやって、こんなに成功できたんですか。残念だけどベトナム人に、いろいろと偏見をもつ日本人もすくなくないのに」

RGはちょっと驚いたような顔をして、おれを見た。

「偏見をもつ人もすくなくないけど、偏見をもたない日本人も決してすくなくないよ。あとね、ベトナム人は日本人に似ているんだ。文句をいわず、とにかくよく働く。責任感も強いしね。成功したのはすこしばかり世のなかの流れを見るセンスがあったのと、あとはとにかくハードワークだよ」

RGはにこにこと陽性の人物だった。さらに繰り返す。

「ハードワーク、ハードワーク、おまけにもう一度ハードワーク。それさえできれば、どんな仕事だって、きっと成功できる。マコトくんも、がんばって」

ちょっと心を動かされた。店番のハードワークか。今度やってみることにしよう。おれとミンはていねいに礼をいって、西新宿の五十三階にあるハードワークの城をあとにした。まあ、おれがどんなに働いたって、あんな場所にオフィスをもつことはないだろうけどな。

そのまま徒歩で新宿中央公園をとおり抜けた。新緑が抜群にきれいだ。緑って残酷だよな。一年中葉を落とさない常緑樹はくすんで黒ずんだ冴えない緑で、落葉樹だけが春の新緑の透きとおるような鮮やかさをもっている。美しいのは命に限りがあるほうだけなのだ。なんだか人間みたい。

「あたりまえだけど、ベトナム人にもすごい人がいるもんだな」

おれは笑顔でハードワークと繰り返したRGを思いだしていた。

「ええ、神さまみたいな人でした。いつかわたしもリチャードさんのところで、働けたらいいなあ。日本に帰化した店長も何人かいるらしいです」

公園がつきると、マンション街だった。渋谷区との境界に近づくと、だんだんと庶民的になってきて、一軒家やアパートが目につくようになる。名刺の住所には白いワンルームマンションが建っていた。かなり年代物のようだ。タイルの目地がほこりで灰色。この一棟がすべてセーフハウスなのだろう。

薄く開いていた二階のサッシから、声がふってきた。

「ミン、こっち。あがっておいで」

顔は見えないが、きっと兄貴の声なのだろう。ミンはぴょんと跳ねると、オートロックもなにもない外階段を、二階の角部屋に駆けのぼっていく。おれもゆっくりと、あとに続いた。

「妹がご迷惑をおかけしました」

標準的な六畳間ほどのカーペット敷きワンルームだった。アインの目元はぱっちりと開いて、妹そっくり。正座して、おれに頭をさげた。

「いや、そんなことはいいんだ。それより、アインもたいへんだったな。そっちのクラスの友達……レコンだっけ……から事情はきいたよ。あの三人組のいかさまポーカーに引っかかったみたいだな」

うつむいたままアインは拳を握り締めた。

「別の友達がやつらにはめられて、負けをとりもどそうと、ぼくまで熱くなってしまいました。ほんとにダメな兄貴です」

「お兄ちゃんはそんなことないよ」

ミンが泣いている。おれはいった。

「あの三人はリクルート係だってきいた。ヴァダンになにをさせられそうになったんだ」

「ヴァダンの仕事はふたつなんだ。ひとつは日本の暴力団に頼まれて、ベトナム人をオレオレ詐欺のお金を受けとる役にする」

なるほど、それならいくらでもトカゲの尻尾切りができるはずだ。

「もうひとつのほうは、受け子よりもやばいのか」

アインが青い顔でうなずいた。

「はい、ぼくはそっちのほうに誘われた。日本製品の窃盗団です」

日本のグッズの窃盗団？　意味がわからないし、きいたことのない話だった。

「日本のなにを盗むんだ？」

「ユニクロとか、赤ん坊のミルクとか、化粧水とか」

そんなに安いものを盗んで、とても利益があがるとは思えなかった。ユニクロやマツキヨを荒らしまわる窃盗団なんてニュースを、あんたはきいたことがあるだろうか。


アインは正座したままいった。

「東京では話題にならないけど、地方ではドラッグストアや衣料品店の窃盗はけっこうあるんです。ベトナムでは日本製品はみんな高い。でも、品質がいいからすごく人気なんです」

おれはミンの着ているジージャンを見た。

「ユニクロが人気なんだよな」

「そうです。だから、日本ではたいして高級品でないものでも商売になる。正規の輸入品よりもすこし安い値をつけるだけで、盗品がすごく売れます。ヴァダンは今年にはいってから、北関東のほうで五件もおおきな盗みをしてます。トラックで真夜中に店にいの店です」

き、鍵を壊して、なかの商品を盗みだす。ユニクロやしまむらやマツモトキヨシなんか

　初耳だった。東京にいるだけじゃ、わからないことがあるものだ。ドラッグストアの窃盗なんてネットニュースにもならないからな。

「ヴァダンはそいつをどうやって運んでるんだ」

「それは、ちょっと」

　アインの顔をのぞく。やつはなにかしっている。だが、ヴァダン率いるベトナム人暴力団がよほど恐ろしいのだろう。ミンのほうを見て、口を閉ざしてしまう。おれは声を抑えていった。

「仕返しは本人だけじゃなく、家族にもいくのか」

　アインが泣きそうな顔でうなずいた。

「ギャンブルの借金を踏み倒して、逃げただけでもまずいのに、ヴァダンの秘密をバラしたら、ミンもぼくもなにをされるかわからない。窃盗団にはいれといわれたときも、同じでした。日本で法律を破ったら、二度とこの国にこられなくなる。よくしてくれた日本の人たちを裏切ることになる。ぼくはどうしたらいいかわからなくて、逃げてしまった」

　おれはしたをむいて肩を震わせるアインを見ていた。やつの手の爪は、傷だらけで強

い洗剤にやられて真っ白だ。おれたちがたべたランチの皿を洗うのは、こんな手をした外国人だ。

「被害にあっているのは、おまえだけじゃないぞ。ヴァダンは確かに恐ろしいかもしれない。でも、そうやって逃げていたら、これからもアインやミンみたいに脅されたり、犯罪に利用されるベトナムの同胞がたくさん生まれてしまうんだ」

「そうだよ、お兄ちゃん。わたしなら心配ないから、ヴァダンのやつを、学院から放りだしてやっつけなくちゃ」

アインが顔をあげた。

「だけど、どうやるんですか。マコトさんはフルーツショップの店番なんですよね」

おれは胸を張ってみせた。まだ計画などなにもないが、自信だけはある。これまでだって、とんでもなくとっ散らかったトラブルをなんとかしてきたのだ。

「日本の店番なめんなよ。で、ヴァダンはどうやって、盗品をベトナムに送るんだ？」

「コンテナをつかっています。二週間に一度、板橋にある解体場から、コンテナが送られる。つぎは……」

アインは壁のカレンダーに目をやった。

「三日後の土曜日」

「わかった。もうすこしくわしくきかせてくれ」

おれはメモをとるために、スマートフォンを抜いた。こいつはキミアにきちんと報告しなけりゃいけない。それにヴァダンをなんとかできれば、西新宿のプリンス・RGもきっとよろこんでくれるだろう。留学生を闇の世界に引きずりこむ悪魔なんだからな。おれはフリック入力で、ヴァダンの窃盗団の詳細を書き記していった。

アインのセーフハウスを離れ、夕方のラッシュアワーのJRに揺られ、池袋に帰った。西口の駅まえは新宿よりもずっと薄汚れているが、おれには心地いいホームタウンだ。西一番街のうちの店にいく途中、ロータリーの端で近所のうどん屋のおばちゃんに会った。

讃岐屋のおばちゃんは、おれの顔を見るとなぜか顔色を変えた。

「マコトくん、あんたんとこの店がたいへんなことになってるよ。なんでも外国人風の男が何人かきて、なにもいわずに店をめちゃくちゃにしていったって」

ミンが叫びながら、頭をさげた。

「ごめんなさい、わたしのせいです」

おれは思い切り駆けだしたかったが、ミンをひとりにするわけにはいかなかった。

「いいんだ、いこう」

ベトナム人留学生にうちの店の住所がかんたんにばれるとは思えなかった。ヴァダンといっしょにいた国際交流リクルートの加瀬という男の顔を思いだした。やつは確かに、おれのことをしっていた。この街で裏稼業が長いのかもしれない。

おれは決して走らないように速足で店にむかった。小走りでミンがついてくる。夕方のオレンジの日ざしがべたりと、池袋の駅まえを照らしている。おれの心臓の鼓動だけが、周囲よりもでたらめに速くなっていた。

遠くからでも、店の惨状はわかった。二十メートルも手前から、フルーツのいい香りがする。やつらは店をめちゃくちゃに壊すだけでなく、片端から果物を踏みつけていったようだ。すでにキミアがきて、店の片づけを手伝っていた。おれの顔を見ると、やつはいった。

「こんなことに巻きこんでしまって、すまない。もう手を引いたほうがいい。やつらはおれが思ってるより、ずっとたちが悪いみたいだ」

おれもタイルにしゃがみこんで割れたアンデスメロンを手にとった。こいつはひとつ六百円の人気商品だ。

「いや、おれがミンを連れて、学院にいったせいだ。おれに周囲をかぎまわられたくないやつらが、あの日本語学校にはいるんだよ」

店の奥からでかいゴミ袋をもって、おふくろがやってきた。目がつりあがっている。

「そいつはどこの学校だい？　手を引くなんて、ふざけんじゃないよ。マコト、今夜、突っこまないのかい」

店を荒らされたくらいで、おふくろが戦意をなくすはずもなかった。

「よかった。ケガはしてないみたいだな」

「ああ、町会のことでおとなりさんに話をしにいった二、三分のあいだに、三人組がやってきて、店をめちゃくちゃにしていったんだ。あいつら、何者なんだい？」

おれにジョーカーを突きつけた男の顔を思いだした。おふくろには伏せておこう。やつの命が心配だ。

「お母さん、ごめんなさい」

ミンはおふくろに抱きついてぎゅっとハグすると、ゴミ袋を受けとり果物の残骸を拾い始めた。自慢のユニクロで歩道にひざまずいてな。おれたち四人はそれから三十分ほどかけて、店をきれいにした。四十五リットルのゴミ袋が五つ。おれの胸のなかは、店が片づくほど逆に荒れていった。おれが甘かった。

ヴァダンと部下たちを決してなめてはいけなかったのだ。

店の片づけを終えてシャッターをおろすと、おれとキミアは近くの純喫茶にいった。スターバックスだとベトナム人窃盗団の話はしにくいよな。紫ガラスの扉のはやらない店なら、なんでも話せる。まあ隅っこのほうではドラッグの交換会なんかもしているようだが、おれたちには関係ない。ミンはうちの店の二階で、おふくろにまかせておいた。

「自分の店、放りだしてだいじょうぶなのか」

キミアは浮かない馬面（うまづら）でいった。

「マコトのおふくろさんの店が襲われたときいたら、じっとしていられないだろ。おれ以外にも、もうひとり腕のいい料理人がいるから、こっちは問題ない」

「ひとつ話があるんだ。タカシのことだ」

純喫茶の薄暗い天井を見あげた。キミアは黙っている。

「今日みたいなことが起きたあとじゃ、ミンにボディガードをつけなきゃいつ狙われるかわからない。ヴァダンをはめるためには、情報を集める必要もある。どっちもタカシとGボーイズの手を借りなきゃどうにもならない」

「わかってる」

キミアがぬるくなったカフェオレをひと口すすった。

「おれは、おまえとタカシのあいだがなぜ決裂したのか、理由がわからないんだ。話してくれ」

おせっかいだが、おれは今回の留学生トラブルだけでなく、キミアとタカシの仲をもう一度つなげられればいいと思っていた。こんなに狭い街で、いつまでも顔をそむけあって生きるのはしんどいもんな。

「……その話か。もうずいぶん昔になるなあ。六年か、七年になるかな。タカシが拡大路線を選んで、池袋にいるチームをすべてひとつにしようとしていたころだ。おれがGボーイズの特攻隊長をしていたのは、マコトもしってるよな」

おれはタカシのところからは距離をおいていたが、Gボーイズの連戦連勝の噂はきいていた。先頭にはいつもキミアとタカシの姿があったそうだ。

「あれは練馬のほうのチームとの抗争のときだった。おれたちはやりすぎちまった。何人か全身ぼこぼこに骨を砕いて、病院送りにした。おれの右腕だったヨウジがそのチームの跳ね返りに襲われたのは、終電間際の上石神井(かみしゃくじい)駅まえだった」

昔の池袋ではそんな話はごろごろしていた。たいていは警察に届けられることもなく、ニュースにさえならない。決着は当事者同士の力関係で片がつく。

「ヨウジってやつは、どうなった」

キミアの顔が空白になった。なんの感情もなくなる。

「ふたりがかりで腰を金属バットで、めちゃくちゃにたたかれた。背骨が砕けて、やつは一生車椅子だ」

「そうだったのか」

「ヨウジとは幼なじみで、おれはおふくろさんにさんざん泣かれたよ。で、もう拡大路線はやめにして、抗争は終わりにしようと、タカシにいった。誰かが歩けなくなるなんて、もうたくさんだし、あのままだといつか死人がでる。そう思ってな」

その後のことなら、おれにも予想はついた。

「だが、タカシはやめなかった。特攻隊長をなくしても、池袋周辺のすべてのチームをひとつにまとめるまで、手は抜かなかった」

「ああ、おれはしだいにタカシからもGボーイズからも距離をおくようになり、代わりに料理の世界を見つけた。あれからタカシとはひと言も口をきいてない」

おれには言葉がなかった。確かに当時問題はあれこれと発生したのだろうが、タカシが池袋のキングになってから、もめごとはめったにきかなくなった。力による安定した平和が生まれたのだ。

「そうか。ヨウジってやつは、今どうしてる？」

「やつは商業高校卒でな、うちの店の経理をまかせてるよ。ヨウジとは今も友達だ」

暗い話で伏せていた顔をあげて、そっぽをむいているキミアを見た。照れたように口をとがらせている。

「おまえ、いいやつだな」

「よせ、マコト。気もち悪いな」

「いいやつだから、いいやつだっていってるだけだ。今夜、これからタカシと会うけど、おまえも絶対こいよ。嫌なら口をきかなくてもいい。だけど、キミアはタカシと一度は会っておいたほうがいい」

「なんでだよ。あいつは今もギャングごっこしてるんだろ。おれは毎日働かないやつは信用しないようにしてるんだ」

「信用なんかしなくていいさ。だが、仕事を頼むんだから、筋だけはとおしておけ」

キミアは不機嫌にうなずいた。おれはスマートフォンでGボーイズの王さまの番号を選んだ。


夜八時のウエストゲートパークは静かなものだった。もう花見客もいないし、将棋をさしている男たちもいない。学生や会社員がとおりすぎていくだけの駅まえの公園だ。

おれとキミアは芸術劇場のそばにあるベンチに座り、王の登場を待っていた。

約束の時間どおりにタカシはやってきた。淡いピンクのコットンパンツに、白いボタンダウンシャツ。とても武力で池袋を平定したキングには見えない格好だ。副官はひとりだけ。お忍びできたという感じか。ベンチのまえで腕を組んで立ち、おれをきれいに無視して声をかけてきた。

「久しぶりだな、キミア。元気か」

「ああ、なんとかな」

「そいつはよかった。片瀬（かたせ）洋司（ようじ）も元気そうだな」

キミアの顔色が変わった。

「なんで、そいつをおまえがしってるんだ」

タカシは氷の微笑でこたえた。

「まあ、いろいろとこっちにも情報網があるんだ」

キングなりに自分たちの抗争で下半身不随になった元チームメイトには気をつかっているのだろう。そこでタカシはようやくおれの存在が目についたようだ。

「店のほうは災難だったな。おふくろさんはだいじょうぶか」

「ああ、ぴんぴんしてる。あれはバズーカでももってこなけりゃ、死なないな」

タカシは薄く笑っていたが、おれはやつが心底腹を立てているのがわかった。うちのおふくろに手をだしたガキには、いつもとんでもないお仕置きをする癖がある。きっとマザコンなのだろう。

「キミアとマコトの店に手をだしたのなら、きつい罰を与える必要があるな。マコト、話せ」

それからおれはＪＡＰＡＮ国際交流学院と留学生ビジネスの闇について話した。現地から派遣されたヴァダンというベトナム人暴力団とセーフハウスで保護されている兄貴のアイン、キミアの店で働く妹のミン。そして、おれが考えたやつらをはめる計画についても、ざっくりとな。最後にタカシはいった。

「了解した。マコト、キミア、やつらをはめ殺すぞ」

キミアが怪訝（けげん）な顔をして質問した。

「タカシ、今回の件の依頼料はどうすればいいんだ？」

タカシは分厚い氷のように揺らがない表情であっさりという。

「おまえへの謝罪の意味もある。おまえたちから金は受けとれないな。じゃあ、明日Ｇボーイズの情報チームを送る。うまくつかってくれ、マコト」

タカシはグレイのパーカーを着た副官を連れて、春の夜のウエストゲートパークをさっていく。劇場通りにＲＶをとめているのだろう。おれはキミアとその場で握手して別れた。キミアはいう。

「やっぱりタカシは千両役者だな。ちっとも昔と変わってなかった。心のなかを一切人にのぞかせないところもな。あれで苦しくないのかな」

わからないといった。人には誰でもそれぞれの苦しさがある。おれたちの世界は皮肉だから、その苦しさそのものがかけがえのない魅力になっていたりするのだ。


遅い晩めしは、おふくろとミンといっしょだった。トン汁と肉じゃがと刺身。今回は店の片づけで疲れたのだろう。おふくろにしては客がいるのに手抜きだった。それでもすき焼き用のいい和牛をつかった肉じゃがは、ミンには大好評。いつもは切り落としの安い肉だが、高級版だ。甘辛い味つけはベトナム料理にも似ているという。食事を終えると、ミンは急に元気がなくなった。

「お母さんのお店にも迷惑をかけてしまって、ほんとにすみません。うちのお兄ちゃんもギャンブルで借金をつくるなんて、ほんとに困った人です」

おふくろはおれを見て、にやりと笑った。

「ミンちゃん、博打（ばくち）でこさえた借金なんか、マコトがなんとかしてくれるよ。うちの店をあんなふうにしたんだから、やつらにはきっちり落としまえをつけてもらわないとね」

「ああ、そっちのほうはなんとかする」

おれはそれよりもミンの未来が気になっていた。日本語学校で勉強しながら、アルバイトをして、借金を返済する日々がこの先も続くのだ。ミンの心は折れないだろうか。日本のガキでこの状況で二年間きっちりと働けるやつが、いったいどれくらいいるのだろう。

夢の国で働くのは、いつだってたいへんだ。そいつが夢の国を最底辺で支えるような仕事なら、なおさらな。

翌日は朝からおおいそがし。

なにせ店の商品をほとんどダメにされたから、朝イチで市場に買いだしにいかなきゃならない。ダットサン満載のフルーツは約五百キロもある。そいつを積みおろしして、店先にならべるだけで重労働だ。

おふくろの昼めしをかきこんで、午後イチでサンシャインシティのスターバックスにいった。タカシに紹介された情報チームのリーダー三人とミーティングだ。おれは自分のスマートフォンで撮った国際交流リクルートの加瀬とヴァダンの写真を、三人のラインに送った。ひとりがノートパソコンでメモをとっていく。

「こいつらの情報を二日間で集められるだけ、集めてくれ」

Gボーイズのマークが胸にプリントされた濃いグレイのパーカーの三人は、黙ってうなずいた。

「それとこいつがヴァダンの裏稼業の基地だ」

ラインで板橋区の荒川沿いにある解体場の住所を送った。新河岸二丁目。

「ここのヤードにあるコンテナの中身は、すべて盗品らしい。おれたちが狙うのは、そいつだ。情報はすべて今日と明日の二日で集めてほしい。二日後にはコンテナが送られちまう」

チームのひとりがいった。こいつの本名は紹介されていない。

「集めた情報はどうするんですか、マコトさん」

おれはにやりと笑ってやった。

「おれが筋を書き、管轄の署に送ってやる。そういうの得意なの、おまえらもしってるだろ」

トラブルシューターも、果物屋の店番も、世を忍ぶ仮の姿。おれの本業は街のコラムニストなんだからな。悪いニュースを書くのは、大得意だ。

おれは静かに店番を続けた。ちょっと反省した振りさえする。店を襲われて、もう国際交流リクルートには手をだしません。そんな雰囲気が敵さんに伝わるといいのだが。店先には伊福部昭の『日本狂詩曲』をかけっ放しにしておいた。雑然とした西一番街には、案外よく似あう選曲だ。

そのあいだもキミアやタカシ、Gボーイズの情報チームとは綿密に連絡をとりあう。すべての情報が集まったのは、金曜日の夕方だった。

春の夕日がきれいな午後六時。

おれはスマートフォンで得意の作文を始めた。

土曜の午前一時。

やわらかな春風が吹く真夜中、おれたちはウエストゲートパークに集合した。おれとタカシ、それに突撃隊の六名だ。ヴァダンの解体場には、常時三人が詰めているらしい。倍の六人にキング・タカシがいれば万全だ。

二台のミニバンに乗りこんで、板橋の解体場をめざす。夜の街を黒い自動車はサメのように走り抜けた。二十分とかからずに荒川沿いの解体場に到着した。錆(さ)びた鉄製のゲートのうえには、㈱新ハノイ交易の看板がかかっている。扉の両脇は緑のフェンスが河川敷の奥まで続いていた。人どおりはない。ぽつぽつと街灯が淋しくともるだけ。

ゲートのまえで全員を集めて、キングがいった。

「三分で始めるぞ」

おれも持参した目だし帽をかぶった。同時にスマートフォンを抜く。おれのではなく、この仕事のためにネットで買った品だ。登録しておいた番号を押した。

「はい、こちら高島平(たかしまだいら)警察署です」

おれは自動音声読みあげをセットした。機械の声がおれが書いた告発文を読み始める。むこうでは勝手に録音を開始していることだろう。

「板橋区新河岸二丁目の㈱新ハノイ交易におかれたコンテナの中身は、すべて盗品だ。今日にもベトナムに送られてしまうので、われわれは今夜決起することにした。この会社はベトナム人窃盗団の本拠で、主犯はギー・カンク・ヴァダン。池袋にあるＪＡＰＡＮ国際交流学院で留学生を脅し、犯罪組織に引きこみ、特殊詐欺の受け子や窃盗団の一員としてつかっている。われわれは日本とベトナムの友好を願う真の国際交流グループ『暁の爪』である。消防よりの連絡を待て」

通話を切った。タカシがにやりと笑っていった。

「暁の爪って、どういうネーミングだ？」

おれはアインの傷だらけの白く変色した爪を思いだしていた。

「今度話してやる。ヴァダンと加瀬、この解体場と国際交流リクルートの写真と資料は、夜中速達で高島平署と池袋署に送っておいた。今の通報じゃ、すぐにはこっちの警察は動かないだろう。警察マニアのいたずらっぽいからな」

タカシは無表情にいう。

「だから、おれたちが火をつける。よし、始めるぞ」

はい、キング。六人のGボーイズの声がそろって、目だし帽の男たちが動きだした。

Gボーイズは大人の前腕ほどの長さがあるボルトカッターで、フェンスを切り開いていく。三十秒ほどで人がくぐれる穴が開いた。先に六人が抜けて、最後がタカシだった。おれのほうを振りむいて、低く叫んだ。

「いくぞ、マコト」

おれたちは流れるようにフェンスを抜けた。雑草の生えたヤードのなかを中腰で駆ける。あたりにガソリンとオイルのにおいがした。積みあげられた廃車の山のあいだを抜けると、開けたヤードにでた。その奥にはプレハブの事務所と宿泊施設がある。小屋を指さして、Gボーイがいった。

「あそこで三人寝てます、キング」

「制圧しろ」

おれたちは油で汚れた雑草を踏んで、プレハブ小屋に移動した。

窓にはブラインドがさがり、室内に明かりはついていなかった。もの音もしない。タカシが低くいった。

「カズ、開けろ」

黒いパーカーのガキがプレハブ小屋の薄いドアのまえにしゃがみこんだ。とりだしたのは、九十度に曲がった細い金属棒とまっすぐな棒。ピッキングの道具だ。両方とも鍵穴にさしこみ、二、三度かき回した。

「キング、オーケーです」

驚くほど簡単に鍵が開いた。六人のGボーイズは、扉のまえに腰を落とし集合している。先頭のガキがキングを見て、うなずいた。タカシもうなずき返す。おれは息をのんでいた。これから真夜中の制圧が始まるのだ。廃品ヤードの奥で名もしらぬ鳥が一度つぶれるような鳴き声をあげた。

黒い目だし帽のGボーイが丸いドアノブに手をかけると同時に、内側からアルミの薄っぺらな扉が開いた。寝ぼけた顔のベトナム人が、だるだるのタンクトップと短パン姿で間抜けに立っている。ほんとうに驚くと、人間はなにもできなくなるみたいだ。その場にいた全員が凍りついた。おれはなぜか振り返り、明かりが一灯しかないヤードを見ていた。河川敷の近くに簡易トイレがある。この男は小便に起きたのか。最初にショックからリブートしたのはキングだった。

「やつを確保しろ」

Gボーイズが動き始める。同時に薄汚れたタンクトップも叫んでいた。

「ケー・トゥー、ケー・トゥー」

意味などわからない。敵だ、あるいは襲撃だ。間違っても朝ごはんではないだろう。タンクトップの男をGボーイズが二人がかりで押さえこみ、口をふさいだ。うしろ手に結束バンドで縛りあげる。だが、ドアの入口でのほんの数秒の遅れが、つぎの危機を生んでしまった。小屋のなかで別の男が叫んでいる。

「ケー・トゥー、ケー・トゥー」

ガラスの割れる音が真夜中のヤードに響き、男がひとり窓から飛びだしてきた。上半身裸だ。ほぼ同時にドアからもTシャツ短パンの男がでてくる。金のネックレス、肩から首にかけて濃紺のタトゥ。アインのクラスでおれにジョーカーをつきつけた男だ。二人とも子どもの腕の長さほどある山刀をさげている。

タカシの声は冷凍庫のなかのステーキ肉のように硬く冷たい。

「落ちつけ、囲め」

山刀を振りまわすベトナム人を三人ずつでとり囲む。Gボーイズもシャキンと金属音を立てて特殊警棒を伸ばした。キングは低く叫ぶ。

「ひとりはおれにまかせろ。警棒で狙うのは、刀を振り切った瞬間の左足だ」

そんなことが可能なのかと、おれは思った。鈍く光る山刀は軽くあたるだけで、指が落ちそうだ。

「はい、キング」

上半身裸の男はでたらめに山刀を振っている。Gボーイズに近づかれるのが恐ろしいのだ。黒い目だし帽をかぶり、特殊警棒をかまえ、じりじりと距離をつめてくる見しらぬ日本人。それは警官より恐ろしいだろう。

男の右手に立つGボーイがフェイントの突きをいれた。キーンッと澄んだ金属音が鳴る。同時に前後から二人のGボーイズが、男の左ふとももに硬球が先端に溶接された特殊警棒をたたきこんだ。悲鳴をあげて上半身裸の男は横座りになった。もうひとりのG

ボーイが山刀に思い切り警棒をぶつけた。真夜中のヤードに火花が散り、山刀が飛んでいった。もうグリップが甘くなっていたのだろう。残るはあのジョーカーの男だけだ。

フリーザーからこぼれる重い冷気のようなキングの声。

「手をだすな、こいつはおれの獲物だ」

ジョーカーが山刀を振るたびに、やつのネックレスが夜のなかきらきらと光った。

「チェット・ディー・ドー・グゥ」

気の毒に。このベトナム人は池袋の無敗のキングに「殺すぞ、バカ野郎」と叫んでいる。タカシはするすると近づくと、ジョーカーの大振りのスウィングを二度かわした。そこからはコマ落しの映像のような速さだった。タカシの腰が一段落ちると同時に、やつは山刀から拳の距離にはいりこんだ。間近で見ていたおれには、ジョーカーが目を見開いて驚きの表情になったのがわかった。

タカシはノーモーションで右のストレートを放った。必殺のジャブストレートだ。スピードはでたらめだが、力はまるではいっていないように見える。久しぶりに会った旧友の肩を軽く叩いたくらいの力。だが、ジョーカーは山刀を握ったまま、その場に崩れ落ちた。汗もかかずにキングは命じる。

「確保しろ」

それからおれのほうを見て、「どうだ?」という顔で片方の眉をつりあげた。おれは無言であきれて見つめ返すだけ。キングの伝説が生まれたもうひとつの夜だ。

「ここにふたり残って、こいつらを見張れ。おれたちはいくぞ」

おれにうなずきかける。プレハブ小屋を離れ、真夜中のヤードにもどった。


おれたちの目のまえには、臙脂色の角が欠けたコンテナがあった。扉には細い鎖と南京錠がかかっていたが、こいつもボルトカッターで切り開ける。Gボーイがコンテナの扉を開けた。手前には木箱が積まれている。ふたを開けると、日本車のパーツだった。エンジンやトランスミッションなんか。

「かまわない。引きずりだせ」

四人がかりで重い木箱を、コンテナから外にだす。木箱は二列しかなかった。奥は真新しいダンボール箱がぎっしりと積まれている。

「なかを確かめろ」

大型のカッターでダンボールの横腹を切り裂く。なかからでてきたのは、春もののブルゾンやシャツにジーンズ。ユニクロだ。赤ん坊用の缶のミルクや洗顔フォームもあった。すべて新品。キングはすこしもうれしそうではなかった。氷の声でいう。

「証拠はそろった。いいだろう、最後は派手にいくぞ」

Gボーイズのひとりが肩から黒いデイパックをおろした。なかから赤い筒を抜きだす。発煙筒だ。デイパックのなかは数十本の発煙筒でいっぱい。おれもタカシから二本手わたされた。

「こんなもん、どうやってつけるんだ」

タカシは赤い筒をさっと半分に分けた。片方の先端には白いキャップがついている。中央には紙やすりのようなものが貼ってあった。キャップをとるといった。

「このキャップの先で、マッチをするように発煙筒をこする。こいつは何分もつんだ?」

Gボーイがいった。

「これは大型なんで、十五分です」

タカシがいきなり白いキャップで発煙筒の頭をこすった。最初は火花が噴き出し、それから赤い炎、最後に煙がもうもうと、空にあがっていく。タカシは炎をあげる発煙筒を、雑草のヤードに放り投げるといった。

「なかなかおもしろいな、これ」

おれもキングにならって、発煙筒に火をつけた。いや、ほんとに案外おもしろい。おれは調子にのって四本ばかり火をつけた。あたりに適当に放り投げておく。まあゴミ袋五つ分のフルーツの仕返しだから、これくらいいいだろ。

おれたちは解体場に侵入した穴をまたくぐり、とめておいたクルマに帰った。腕時計に目をやる。すべてで約六分。おれはネットで買ったスマートフォンで、消防の番号を選んだ。

「はい、消防です」

「新河岸二丁目の解体場で火事です。煙がすごいので、すぐきてください」

「なんという場所ですか」

「新ハノイ交易、すぐにきてください」

通話を切った。タカシと黒いミニバンにのりこむ。車内で目だし帽をとると、ようやく深く息が吸える気がした。この季節のニットキャップって暑いよな。バンは河川敷沿いの道を急ぐことなく走りだした。キングがいった。

「今回はスムーズな仕事だったな、マコト」

おれは窓越しに空高く煙を噴きあげる解体場を見ていた。

「ああ、そうだな。早く池袋に帰ろうぜ」

明日も店を開けなきゃいけない。睡眠不足はお肌にもよくないしな。スマートフォンはＳＩＭカードを抜いて、ウエストゲートパークのゴミ箱に放りこんでおいた。

つぎの日のニュースでは、板橋の解体場のボヤ騒ぎと、そこで発見された窃盗品満載のコンテナが華々しくとりあげられた。重要参考人として、池袋にある日本語学校の関係者が警察から取り調べを受けていると続報がはいった。ヴァダンの逮捕の様子はミンからきいた。池袋署のパトカーが何台もきて、加瀬とヴァダンを連れていったそうだ。おまけに国際交流リクルートからダンボール箱数十個分の資料をもっていったという。あれを全部読むのはたいへんだ。

ＪＡＰＡＮ国際交流学院には後日、文科省から改善勧告がだされ、学校運営や授業の内容に厳しい検査がはいったという。理事長の西澤啓治（にしざわけいじ）は小太りの中年で、案の定埼玉を本拠とする不動産業者だった。金になるなら、どんなことにも手をだすというタイプ。学校経営とか人間教育なんて、あきれてものもいえないよな。

もちろんまともな日本語学校もたくさんあるのだが、急増した多くの新設校はこの手のブラック企業の経営であることを、日本人も忘れないほうがいい。留学生が日本を好きになってくれるような学校の数は案外すくないのだ。

ミンとアインはまた学校とアルバイトの往復にもどった。アインはRGの経営するタピオカミルクティの店に仕事を移ったという。もう爪はぼろぼろにならずにすみそうだ。ミンは所沢の寮をでて、友人と都内で安いアパートを借りるらしい。相場の倍も払って、埼玉に住む理由なんてないもんな。

そして、キミアとタカシのこと。

おれは五月の最終週、ふたりをウエストゲートパークに招待した。まあキミアだって、無料でこれだけ動いてくれたタカシとGボーイズには、ひと言礼をいってもバチはあたらない。

頭上のソメイヨシノの新緑は軽く絞ったハンカチみたいに瑞々(みずみず)しい。おれたちは丸いパイプベンチに座り、タカシを待っていた。

「ミンの件ではほんとマコトに世話になった。こんな大事(おおごと)になるなんて、想像もしていなかったけどな」

気になっていたことをきいてみた。

「そんなこと別にいいんだ。それよりキミアはミンが気にいってるんだろ。あれはいい子だから、ぐずぐずしてると他の男にとられるぞ。例えば、おれとかさ」

「うるせーな、マコトは」

芸術劇場のほうから、タカシがやってきた。驚いたことにキングの横には、電動の車椅子。白シャツのヨウジがこちらに手を振った。キミアがつぶやいた。

「どういうことだ、こいつは。なんでヨウジがやつと……おまえが仕組んだのか、マコト」

おれはキングとヨウジに手を振り返しいった。

「そろそろ仲直りをしてもいいころだろ。こんな狭い街だし、おまえとタカシは親友だったんだ」

タカシはおれたちのベンチまでやってくると、腕を組んで静かにおれたちに視線を注いだ。王の威厳のまなざし。ヨウジはいった。

「キミアにはずっと黙っていたけど、タカシからはこの六年間ずっと毎月お金を送ってもらっていたんだ。すくないけど生活の足しにしてくれ。おれもGボーイズもヨウジのことを忘れたことはないって」

キミアの顔色が変わった。つぶやきながら立ちあがる。

「……そうだったのか、六年間も……毎月か……」

長身のキミアが手をさしだした。キングはしっかりと元特攻隊長の手を握った。

「今回の件ではタカシに借りをつくったな。今度、Gボーイズを連れて、うちの店にたべにきてくれ」

タカシは澄んだ氷の声でこたえる。

「ああ、わかった。マコトがベトナムサンドイッチがうまいといっていたな」

ミンのレシピのバインミーだ。おれのチェックのシャツのあいだを、春のやわらかな風が抜けていく。透明な指で肌のおもてをなでられるようだ。おれはこの季節が大好きだ。「タカシ、昼めしくったか」

「モンスーン」のオーナーシェフがいった。

「いいや」

「だったら、先に用意させとくから、これからみんなでうちの店にこないか」

タカシはキングの余裕をもってうなずいた。おれもベンチから立ちあがる。それからおれたち四人は池袋駅の反対側めざし、王を中心にカジュアルな行進を開始した。

五月の天気のいい日の散歩って、ほんとにゴールデンだよな。

あんたも池袋にきたら、ぜひミンのバインミーをたべにきてくれ。サンシャイン60通りの裏の「モンスーン」という店だ。ついでにおれたちには見えない場所で、アジアからきた留学生たちがどんなふうに生き延びているか、想像力をすこしだけ働かせてくれたら、もういうことはない。

解説　マコトから学んだこと

三代目　柳亭小痴楽

「……あの、誠さんですか？」

「そうだけど、何？」

「……あの、話があるんですが。本当に僕なんかが解説なんて書いて良いんですかね？」

「依頼された仕事は受けたいなら受ければ良いんじゃないの？　言っとくけどコラム一つ書くのだって大変なんだぜ？　お前に何か書けることあるの？」

「解説なんて大それたことは無理ですが、めっちゃ大好きなんです、池袋ウエストゲートパーク！」

　タイトの気持ちが良く分かる。そりゃ大事なものや好きなものの事となったら必死にだって饒舌にだって二重人格のようにだってなるさ！　今回解説をいかがですか？と連絡をもらった時は本当に恐れ多さに驚きつつも、嬉しくて嬉しくて涙が出ちゃいました。でも、本当に良いんだろうか……だって私なんてマコトよりも学歴の無い中卒の人間なのに。それでもマコトなら「関係ない！　やれ！」って背中を押してくれると信じてやらせていただきます！　みんな無視しないで読んで！

なんてったってこのシリーズは私のような昭和63年生まれの平成者にとってバイブルなんだから！　うちの学校ではバイブルなんていうもんじゃなく、まさに教科書。中学の時にこの本を見つけてからは学園中が片手にＩＷＧＰを持ってるという社会現象だった。うちの母校は制服もなくピアスを開けようが髪を染めようが大丈夫。見た目にとらわれず個性を大事に、という自由な校風がウリの吉祥寺の先にある学校だった。生徒も自由ならば先生も自由で、なんと小学校から教科書がなかった！　学期初めにプリントを配られて、自分達で厚紙で綴じて教科書を作るところから授業が始まる。そんな学校。もちろんランドセルもなく、カバンも自由。私を含めヤンチャな悪ガキどもはポッケに鉛筆一本とメモ帳を入れて手ぶらで登校したものだ。そんな活字からかけ離れた連中がこぞってディスクユニオンのビニール袋を持って登校し始めた。天(あま)の邪鬼(じゃく)な私の袋はブックスルーエだったけどね。袋の中に何を入れていたか、みんなＩＷＧＰの文庫版だ。ね？　大袈裟じゃなく本当に教科書でしょ？

最初はただ、この作品の疾走感や爽快感、キャラクターから発せられるカッコいい言葉や、言い得て妙なマコトの比喩にただ単純にワクワクしていた。それがシリーズを読み進めているうちに私の気持ちに変化が出てきた。ただ楽しむところから勉強しようという気持ちになっていったのだ。というのも碌(ろく)に学校へ行かず、半端な学生生活で高校もリタイア、世間を知らずに落語の世界へ飛び込んだ私は、ＩＷＧＰが取り上げてくれる社会問題のおかげで世間に目を向けるということができるようになったのだ。

何度も読んではいるが、今回お話をいただいて改めて全作読み返してみると、そんな中でまた新しい発見があった。みんな大人になっている。タカシの喧嘩の仕方。ただ強かったのが、余裕というか貫禄が出ている。マコトの問題の収め方もみんなの気持ちをより考えるようになったというか、大人っぽくなった。昔のような血みどろな解決もスカッとして好きだったけどね。

今回、取り上げられているネタは動物虐待、乱暴な車の運転問題、引きこもりを喰い物にするような営利団体、外国人留学生の生活や就労の過酷さ。それらの現実を見せてもらった。どれもニュースで観ては残酷な人間に腹を立てたり、どうなっていけば良いのかと考えさせられている問題だ。相手はどれも弱者を嘲笑うかのような嫌な奴。そんな奴が良い思いをしていることに腹が立ってしょうがない。そんな弱者にマコトはいつも私たちの代わりに手を差し伸べてくれる。この問題は決して他人事ではないんだと、いつも思う。

私が何で落語に魅了されたのか。それは悪者は必ず笑い者になって失敗をする点だ。弱者と言われるような人物が一番目立って、一番重宝される。そして仲間外れがいない。そんな世界観に心から安心を覚え、そんな世界に憧れたからだ。例えば古典落語の『錦の袈裟』という噺は、町内の男連中で揃いの褌（ふんどし）を穿いて吉原に行こうと計画がもちあがる。でも間抜けな与太郎は内儀（かみ）さんを説き伏せられないだろう。そこで仲間外れにするのではなく、男連中みんなで説き伏せる算段を考え合う。与太郎が内儀さんに伝えると跳ねっ返り者の内儀さんは「悔しいねぇ！　だったらあんたは誰よりも良い褌を締めて行きな！」と言って、与太郎はその晩の吉原で町内の誰よりもモテてしまう。なんて幸せな気持ちで笑えるのだろうか、と十六歳の私は滑稽噺に感動して涙が出たほどだ。

落語の登場人物は大体決まっていて、脳天熊にガラッ八、横丁の隠居に、人の良いのが甚兵衛さん、バカで与太郎。マコトは、時にドンドン突っ走る八五郎や熊五郎であり、相談に乗って解決策を導き出す御隠居さんであり、とにかく人が良い甚兵衛さんでもある。さらに与太郎のフリをする事も忘れない、いやこれ完璧人間だろう！　そして一番好きなところは仲間や周りの人間を惜しげもなく頼るところだ。頼るときも力が強いからだけじゃなく、長所を持った人間に信頼を置いて任せるところ。そんな人間だからマコトの周りには様々な人間が集まってくるのだろう。私はマコトのようになりたい。私は十六歳で親父が倒れ半身不随になった。その四年後に亡くなったのだが、それまで親父が私に教えてくれたのは『考える事』だった。自分の気持ちを考える、人の気持ちを考える。親父が亡くなってからは、何か思い詰める事がある毎に〝親父だったらどうしていたかな〟と考えてしまう。それと同時に〝マコトだったらどうするのかな〟なんて思う事もある。それくらいマコトの考え方が好きなのだ。

本書最後の「絶望スクール」では、残酷な日本に本当にガッカリしてしまった。十年ほど前に、落語会の打ち上げで居酒屋さんの中国人アルバイトの子に横柄な態度をとった先輩を、ある大御所の先輩が「偉そうだな、ここは自分の家じゃないんだよ、お酒や飯を出してもらってるんだぞ？　言葉も分からない国に来て、不安や恐れもある中、語学を勉強しながらアルバイトをして生きている人に、よくお前みたいな人間がそんな偉そうにできるな。お前、今から中国に行ってバイトしてみろ！」と怒ったことがあった。その小言を仰っていたのが、春風亭昇太師匠だ。それまで私は、居酒屋のバイト経験があったので酔ったお客さんの嫌な態度を見ていて、自分がされて嫌だったから自分はこういう事はしたくない、と思って気を付けていた。でも、師匠の考えはもっとその先にあった。〝自分〟だけじゃなく〝他人〟を考える事を忘れてはいけないという事を私はその時学んだ。こういう感覚の人が大勢いるから私は落語の世界に飛び込んで良かったと日々感じている。

私は本を通してだけじゃなく石田衣良さんには多大な影響を受けた。三年ほど前に私がMCを務めていた人生観を語っていただくインターネット番組にお越し頂いた事があった。収録後、お酒の席をご一緒させてもらったのだが、収録から酒席を通して、石田さんは決して人の考えを否定する事はなかった。それは何でも肯定をするという訳でもなく、人は人と捉えているのか否定もしない。それが、比較を嫌がり、人は人、自分は自分、という私の父親のような考え方に繋がり、そこに石田衣良さんの全てを包み込むような柔らかい物腰も加わり、私はずっと甘えて話を聞いてもらいたくなり、できる事なら考え方をそのままもらいたくなった。

私の中の変化でもう一つは、聴く音楽も変わった事だ。マコトのおかげでクラシックに興味を持てた。詳しくはないけど、クラシック以外も出てくる曲は全部聴いている。今では読書中と毎晩の入浴中はいつも流している。

今更だけど、ずっとマコトマコト言っててごめんなさい。正直な事を言うと私の一番好きな人物はマコトのお母さんです。だってカッコいいんだもん！　何より寄席が大好きだし！　時折出てくるお母さんの竹をスパーン！と割ったような啖呵や考え方、考えるより動け！の感情優先型の人間性を見ていると本当に気持ち良い！　私の母ちゃんもサッパリした人間で、私の後輩が金が無くて食い物が無いというと、何も言わずに家にある食材を車に積んでその後輩の家まで届けに行くという人だ。私のその日の夕食は食材が何も無くてカップラーメンだったけどね。マコトのお母さんがうちの母ちゃんに重なるところがあって、出てくるといつも嬉しくなる。私もマコトと同じでマザコンなんです。だけど、マコトのお母さんの方が良いなぁ。だって池袋演芸場に来てくれるんだもん！　うちの母ちゃんは息子が出てるっていうのに、一回も来てくれないもんね。恥ずかしいの?って聞いたら「いや、そもそも落語好きじゃないの。なんか聴いてて疲れるし、面白くないから」だって。なんて薄情なやつだ。

いつかマコトがお母さんに連れられて池袋演芸場に見に来てくれたら嬉しいな。その時は頑張って私が寄席のトリを務めていたい!

あ、いや別に私を作品に出してくれとかそういったコスっからい料簡(りょうけん)で言ってるんじゃなくて! 現実と小説の中がゴッチャになってるだけだから! それくらいIWGPの世界はリアルだって言いたいだけなの!

とにかく……あの……今回の作品も最高に面白かったです!

（落語家）

初出誌「オール讀物」
目白キャットキラー　二〇一八年八、九月号
西池袋ドリンクドライバー　二〇一八年十一、十二月号
要町ホームベース　二〇一九年二、三・四月合併号
絶望スクール　二〇一九年五、六月号

単行本　二〇一九年九月　文藝春秋刊

DTP制作　エヴリ・シンク

本書の無断複写は著作権法上での例外を除き禁じられています。
また、私的使用以外のいかなる電子的複製行為も一切認められておりません。

文春文庫

絶望(ぜつぼう)スクール
池袋(いけぶくろ)ウエストゲートパークXV

定価はカバーに表示してあります

2021年9月10日　第1刷

著　者　石田衣良(いしだいら)
発行者　花田朋子
発行所　株式会社 文藝春秋

東京都千代田区紀尾井町3-23　〒102-8008
TEL 03・3265・1211(代)
文藝春秋ホームページ　http://www.bunshun.co.jp

落丁、乱丁本は、お手数ですが小社製作部宛お送り下さい。送料小社負担でお取替致します。

印刷・凸版印刷　製本・加藤製本

Printed in Japan
ISBN978-4-16-791748-7

（　）内は解説者。品切の節はご容赦下さい。

石田衣良
池袋ウエストゲートパーク

刺す少年、消える少女、潰し合うギャング団……命がけのストリートを軽やかに疾走する若者たちの現在を、クールに鮮烈に描いた人気シリーズ第一弾。表題作など全四篇収録。（池上冬樹）

い-47-1

石田衣良
少年計数機
池袋ウエストゲートパークⅡ

他者を拒絶し、周囲の全てを数値化していく少年。主人公マコトは少年を巡り複雑に絡んだ事件に巻き込まれていく。大人気シリーズ第二弾、さらに鋭くクールな全四篇を収録。（北上次郎）

い-47-3

石田衣良
骨音
池袋ウエストゲートパークⅢ

最凶のドラッグ、偽地域通貨、ホームレス襲撃……さらに過激なストリートをトラブルシューター・マコトが突っ走る。現代の青春を生き生きと描いたIWGP第三弾！（宮藤官九郎）

い-47-5

石田衣良
電子の星
池袋ウエストゲートパークⅣ

アングラDVDの人体損壊映像と池袋の秘密クラブの関係は？マコトはネットおたくと失踪した親友の行方を追うが……。「今」をシャープに描く、ストリートミステリー第四弾。（千住　明）

い-47-6

石田衣良
赤（ルージュ）・黒（ノワール）
池袋ウエストゲートパーク外伝

小峰が誘われたのはカジノの売上金強奪の狂言強盗。だが、その金を横取りされて……。池袋を舞台に男たちの死闘が始まった。シリーズでおなじみのサルやGボーイズも登場！（森巣　博）

い-47-7

石田衣良
反自殺クラブ
池袋ウエストゲートパークⅤ

今日も池袋には事件が香る。風俗事務所の罠にはまったウエイトレス、集団自殺をプロデュースする姿なき〝クモ男〟――。切れ味がさらに増したIWGPシリーズ第五弾！（朱川湊人）

い-47-9

文春文庫　石田衣良の本

（　）内は解説者。品切の節はご容赦下さい。

石田衣良
灰色のピーターパン
池袋ウエストゲートパークⅥ

池袋は安全で清潔なネバーランドじゃない。盗撮画像を売りさばく小学五年生がマコトにSOS！　街のトラブルシューターの面目躍如たる表題作など全四篇を収録。　（吉田伸子）

い-47-10

石田衣良
Gボーイズ冬戦争
池袋ウエストゲートパークⅦ

鉄の結束を誇るGボーイズに生じた異変。ナンバー2・ヒロトがキング・タカシに叛旗を翻したのだ。窮地に陥るタカシをマコトは救えるのか？　表題作はじめ四篇を収録。　（大矢博子）

い-47-11

石田衣良
非正規レジスタンス
池袋ウエストゲートパークⅧ

フリーターズユニオンのメンバーが次々と襲われる。メイド服姿のリーダーと共に、格差社会に巣食う悪徳人材派遣会社に挑むマコト。意外な犯人とは？　シリーズ第八弾。　（新津保建秀）

い-47-14

石田衣良
ドラゴン・ティアーズ——龍涙（りゅうるい）
池袋ウエストゲートパークⅨ

大人気「池袋ウエストゲートパーク」シリーズ第九弾。時給300円弱。茨城の〝奴隷工場〟から中国人少女が脱走。捜索を頼まれたマコトはチャイナタウンの裏組織に近づく。　（青木千恵）

い-47-17

石田衣良
PRIDE——プライド
池袋ウエストゲートパークⅩ

四人組の暴行魔を探してほしい——ちぎれたネックレスを下げた美女の依頼で、マコトはあるホームレス自立支援組織を調べ始める。IWGPシリーズ第1期完結の10巻目！　（杉江松恋）

い-47-18

石田衣良
憎悪のパレード
池袋ウエストゲートパークⅪ

IWGP第二シーズン開幕！　変容していく池袋、でもあの男たちは変わらない。脱法ドラッグ、ヘイトスピーチ……続発するトラブルを巡り、マコトやタカシが躍動する。　（安田浩一）

い-47-21

文春文庫　最新刊

沈黙のパレード　東野圭吾
復讐殺人の容疑者は善良な市民たち？　ガリレオが挑む

熱帯　森見登美彦
「読み終えられない本」の謎とは。高校生直木賞受賞作

ある男　平野啓一郎
愛したはずの夫は全くの別人だった。読売文学賞受賞作

絶望スクール　池袋ウエストゲートパークXV　石田衣良
留学生にバイトや住居まで斡旋する日本語学校の闇の貌

恨み残さじ　空也十番勝負（二）決定版　佐伯泰英
タイ捨流の稽古に励む空也。さらなる修行のため秘境へ

八丁堀「鬼彦組」激闘篇　**剣鬼たち燃える**　鳥羽亮
両替商が襲われた。疑われた道場主は凄腕の遣い手で…

30センチの冒険　三崎亜記
「大地の秩序」が狂った異世界に迷い込んだ男の運命は

狩りの時代　津島佑子
あの恐ろしく残念な言葉を私に囁いたのは誰だったの？

文豪お墓まいり記　山崎ナオコーラ
当代の人気作家が、あの文豪たちの人生を偲んで墓参へ

「独裁者」の時代を生き抜く27のヒント　池上彰
目まぐるしく変容する現代に求められる「指導者」とは

伏見工業伝説　泣き虫先生と不良生徒の絆　益子浩一
「スクール☆ウォーズ」のラグビー部、奇跡と絆の物語

僕が夫に出会うまで　七崎良輔
「運命の人」と出会うまで―。ゲイの青年の愛と青春の賦

自転車泥棒　呉明益　天野健太郎訳
消えた父と自転車。台湾文学をリードする著者の代表作

つわものの賦〈学藝ライブラリー〉　永井路子
変革の時代。鎌倉武士のリアルな姿を描く傑作歴史評伝